U0069170

新日本語能力測驗
考前衝刺讚
聽解N3

筒井由美子・大村礼子　執筆

草苑インターカルト日本語学校　監修

林彦伶　中譯・解說

附MP3 CD

鴻儒堂出版社

目次

日本語能力試驗（JLPT®）係國際性測驗，可供世界各國日語學習者、日語使用者檢測日語的能力，於1984年開始實施，由日本國際交流基金會與日本國際教育支援協會共同舉辦。台灣考區於1991年開始實施，由日本台灣交流協會、日本國際交流基金會及語言訓練測驗中心主辦，一年辦理兩次，於每年7月及12月第一個週日舉行。

本測驗共分五個級數，由難至易依序為N1～N5。報考者可依自己的能力選擇適合的級數參加。

本測驗成績可作為學習評量、入學甄選及求職時之日語能力證明，合格者可取得國際認證之合格證書。另有意赴日就讀大學者請依學校要求報考「日本留學試驗」。

「日本語能力試驗」相關資訊請查閱「日本語能力試驗公式ウェブサイト」，網址：

http://www.jlpt.jp/。

新日本語能力測驗聽解N3試題構成

考試科目（考試時間）		大題	題數	內容
聽解（40分）	1	《問題理解》	6	聽取具體的資訊，測驗是否理解接下來該採取的動作。
	2	《重點理解》	6	會先提示問題，再聽取內容選擇正確答案，測驗是否能理解對話重點。
	3	《概要理解》	3	測驗是否能從問題中，理解說話者的意圖或主張。
	4	《語言表達》	4	邊看圖，邊聽狀況說明，選擇適當的回答。
	5	《即時應答》	9	聽取簡短的問句，選擇適當的答案。

※資料來源：「JLPT日本語能力試驗官方網站 http://www.jlpt.jp」

模擬試題-問題1

問題1-《問題理解》

目的：測驗聽一段談話後，是否能理解內容。（測驗是否能聽取具體解決問題所需的資訊，理解接下來應該要怎麼做。）

問題1

問題1では、まず質問を聞いてください。それから話を聞いて、問題用紙の1から4の中なかから、最もよいものを一つえらんでください。

問題1-1番

解答欄 ① ② ③ ④

1 9時
2 9時15分
3 9時半
4 10時

問題1-2番

解答欄 ① ② ③ ④

1 スポーツ大会の準備をする
2 お好み焼きを作る
3 交流会の場所を予約する
4 料理が得意な留学生を探す

問題1-3番

解答欄 ① ② ③ ④

1 レストランの予約をする
2 日にちを決める
3 先生にメールをする
4 ハガキを書く

問題1-4番

解答欄 ① ② ③ ④

1 リビングルームのソファ
2 台所用の家具
3 食事用のテーブル
4 子供用の机

問題1-5番

解答欄 ① ② ③ ④

1 仕事をやめること
2 言葉がわからないかもしれないこと
3 食べられない食べ物があること
4 両親が反対していること

問題1-6番　MP3 1-06　　解答欄　① ② ③ ④

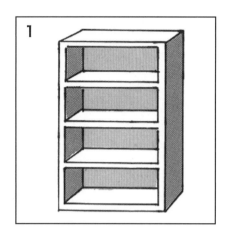

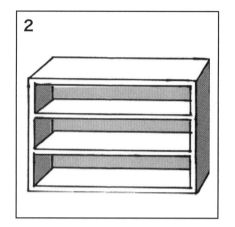

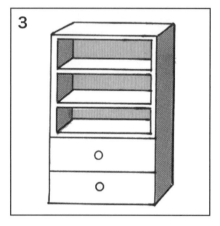

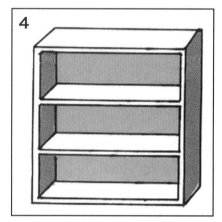

イラスト／山田淳子

 問題1-7番　MP3 1-07　　解答欄　① ② ③ ④

1　バスと電車の切符を買う

2　電車の切符を買う

3　高田までのバスの切符を買う

4　川田行きのバスに乗る

問題1-8番

解答欄 ① ② ③ ④

1 自分がやりたい仕事は何かを考える
2 自分に向いている仕事は何かを考える
3 いろいろな会社の情報を集める
4 会社を回ってエントリーシートを出す

問題1-9番

解答欄 ① ② ③ ④

1 今の仕事を続ける
2 今の仕事を田中君に教える
3 A社との共同事業を担当する
4 海外勤務をする

問題1-10番

解答欄 ① ② ③ ④

1 ア・エ・カ
2 イ・ウ・オ
3 ウ・オ・キ
4 エ・カ・キ

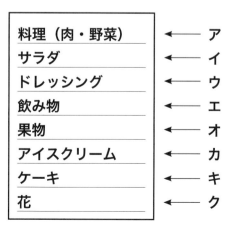

料理（肉・野菜）	←	ア
サラダ	←	イ
ドレッシング	←	ウ
飲み物	←	エ
果物	←	オ
アイスクリーム	←	カ
ケーキ	←	キ
花	←	ク

問題1-11番 　解答欄　① ② ③ ④

1　おみやげを買う。

2　資料を確認する。

3　パソコンなどをチェックする。

4　パンフレットを送る。

問題1-12番 　解答欄　① ② ③ ④

1　テレビのニュースをチェックする。

2　大学の学生にインタビューする。

3　アンケートの内容を考える。

4　教授に調査の内容を見せる。

問題1-13番 　解答欄　① ② ③ ④

1　バスで行く

2　電車とバスで行く

3　タクシーで行く

4　電車とタクシーで行く

問題1-14番

解答欄 ① ② ③ ④

1 椅子とラップトップ

2 マイクと資料

3 ラップトップとお釣り

4 資料とお釣り

問題1-15番

解答欄 ① ② ③ ④

1 仕事で英語を使うこと

2 上司とうまくいかないこと

3 満員の通勤電車に乗ること

4 朝、早く起きること

問題1-16番

解答欄 ① ② ③ ④

1 バックパック

2 自転車

3 文房具

4 テキスト

問題1-17番

解答欄　① ② ③ ④

1　お寺に1泊、ホテルに2泊する。

2　お寺に1泊、旅館に2泊する。

3　お寺に2泊、ホテルに1泊する。

4　お寺に2泊、旅館に1泊する。

問題1-18番

解答欄　① ② ③ ④

1　ビンをたくさん使わない

2　紙をたくさん使わない

3　食べ物をたくさん捨てない

4　ごみをたくさん捨てない

問題1-19番

解答欄　① ② ③ ④

1　服装を確認する。

2　地図をプリントアウトする。

3　コンビニに行く。

4　寝る。

問題1-20番

解答欄 ① ② ③ ④

1 電車が動くのを待つ。
2 地下鉄に乗る。
3 タクシーを待つ。
4 バスを待つ。

問題1-21番

解答欄 ① ② ③ ④

1 焼き肉
2 スパゲッティー
3 おでん
4 カレー

問題1-22番

解答欄 ① ② ③ ④

1 洗濯機
2 冷蔵庫
3 炊飯器
4 電子レンジ

問題1-23番 | 解答欄 ① ② ③ ④

1 会場を予約する

2 新聞に広告をのせる

3 招待状を出す

4 パーティーの準備をする

問題1-24番 | 解答欄 ① ② ③ ④

1 本を読む

2 インターネットのサイトを調べる

3 勉強会に出る

4 講演会を聞く

問題1-25番 | 解答欄 ① ② ③ ④

1 日本料理

2 中華料理

3 イタリア料理

4 ベトナム料理

問題1-26番

解答欄 ① ② ③ ④

1 数学→英語→国語
すうがく えいご こくご

2 数学→国語→英語
すうがく こくご えいご

3 英語→数学→国語
えいご すうがく こくご

4 英語→国語→数学
えいご こくご すうがく

問題1-27番

解答欄 ① ② ③ ④

1 制服を作ろう
せいふく つく

2 制服を変えよう
せいふく か

3 制服を残そう
せいふく のこ

4 制服をやめよう
せいふく

問題1-28番

解答欄 ① ② ③ ④

1 魚
さかな

2 油
あぶら

3 日本風カレー
に ほんふう

4 スパイス

MEMO

《問題理解》內文與解答
〔問題1〕

《M：男性、F：女性》

問題1

問題1-1番〔MP3 1-01〕

女の人と男の人が話しています。女の人は、明日何時に会社に来ますか。

F：明日は何時に来たらいいでしょうか。

M：そうですねえ。会議は10時からですから、その前の準備に間に合うようにお願いしたいんですが。

F：30分前に来ましょうか。

M：そうですね。あ、¹⁾でも、会長が9時半にいらっしゃるということでした。

F：あ、それならその前に来ます。9時ごろ来たほうがいいでしょうね。

M：あ、²⁾いや、そんなに早くなくてもいいですよ。³⁾会長が来る時間の15分前で、お願いします。

F：はい、わかりました。

女の人は、明日何時に会社に来ますか。

解答：②

中　譯

女人與男人在說話。女人明天幾點來公司？

F：我明天幾點來比較好？

M：這個嘛。10點開會，所以要麻煩妳提早來準備。

F：那我提早30分鐘來？

M：嗯。啊，¹⁾可是聽說會長9點半要來。

F：這樣我會在那之前到。是不是9點左右比較好？

M：啊，²⁾也不用那麼早。³⁾比會長早15分鐘到就好了。

F：了解。

女人明天幾點來公司？

重點解說

請留意語氣的轉折。本來提9點30分來，但1)「でも」帶出會長9點半來的訊息，之後她提議9點來，但2)「いや」再出現轉折，3)結論是9點15分到。

問題1-2番〔MP3 1-02〕

女の人と男の人が話しています。女の人はこのあと何をしますか。

F：今度の留学生との交流会なんですけど、何にしましょうか。

M：前回はスポーツ大会だったから、今度は違うものがいいですね。

F：前、人気があったのは、料理でしたね。あの時はお好み焼きを作ってみんなに食べてもらったんですよね。

M：じゃ、今度は留学生に作ってもらったらどうでしょうか。留学生の中にも料理が得意な人がいるでしょう。

F：そうですね。1)じゃ、まず料理のできる部屋を予約します。

M：2)お願いします。僕は料理が好きで、自分の国の料理をいろんな人に食べてもらいたいと思っている人を探します。ネットで呼びかけてみましょう。

女の人はこのあと、何をしますか。

解答：③

女人與男人在說話。女人接下來要做什麼？

F：這次跟留學生的交流會，要辦什麼活動好呢？

M：上次是運動會，這次辦不一樣的比較好吧。

F：之前人氣最旺的是吃的。記得那次我們是做日式蔬菜煎餅請大家吃。

M：那這次請留學生來做菜妳覺得好不好？留學生當中應該也有很會做菜的吧。

F：是啊。1)那我去預約可以做菜的場地。

M：2)麻煩妳了。我來找找看有沒有人喜歡做菜，又想做自己國家的菜給大家吃。上網去吆喝看看吧。

女人接下來要做什麼？

重點解說

1)句尾「予約します」可以看出省略的主語是「わたし」。2)確定由她去預約場地。

問題1-3番〔MP3 1-03〕

女の人と男の人が話しています。女の人はまず最初に何をしますか。

F：そろそろクラス会のこと、決めなきゃね。

M：そうだね。場所は……ほら、この間のあのレストラン、あそこでどう。

F：あ、あそこならいいわね。じゃ、日にちは……。

M：1)日にちは、まず先生がいつなら大丈夫かってことだよ。先生、最近忙しそうだし。

F：そうね。2)じゃ、私、メールしてみるわ。

M：うん。よろしく。で、3)あとはレストランの予約とみんなにメールして出欠を確認すればいいんだよね。

F：4)メールアドレスがわからない人がいるのよ。その人たちはハガキで知らせるしかないわね。

M：そうだね。しょうがないね。

女の人はまず最初に何をしますか。

中 譯

女人與男人在說話。女人首先要做什麼？

F：同學會的事，差不多得定下來了。

M：是啊。地點嘛……誒！上次那家餐廳，妳覺得在那裡辦怎樣？

F：喔，那家可以啊。那日期呢……。

M：1)日期要先看老師什麼時候方便啊。老師最近好像很忙呢。

F：也是。2)那我發email去問問看。

M：嗯，麻煩妳了。那就3)剩下訂餐廳跟發email給大家確定參加人數了。

F：4)有些人的信箱我不知道，這些人只能用明信片通知了。

M：是啊。沒辦法。

女人首先要去做什麼？

重點解說

因為1)，所以她首先要做的是2)，跟老師敲定日期之後，兩人才能進行3)和4)這些後續的事。

解答：③

問題1-4番〔MP3 1-04〕

男の人と女の人が、家で話しています。2人は、何を買いたいと言っていますか。

M：家具のショールームへ行って来たんだって？どうだった？

F：いろんな国の家具があって、すごくよかった。行ってみる意味はあったと思うわよ。私がいいと思ったのはインドネシアの会社なの。東京に店があるんだって。

M：へえー、インドネシア。エキゾチックだね。

F：そう思うでしょ、でも民族的な作方ではないのよ。すごくモダンなの。それで、新しい家族をイメージして、親と子供がどう会話するかってことも考えているんだって。

M：ふうん。じゃあ、リビングルームに置家具ってこと？

F：1)それもあるし、食事用のテーブルなんかもいいのよ。ほらこれ、カタログ。

M：へえ、2)じゃあダイニング用の家具、考えてみようか。

F：そうしましょうよ。

2人は、何を買いたいと言っていますか。

男人與女人在家裡說話。兩人在說想買什麼？
M：妳說妳去逛家具展示館了？怎麼樣？
F：有好多國家的家具，超棒的。真是不虛此行。我很喜歡一家印尼公司的。聽說他們在東京有門市哦。
M：咦？印尼？異國風情啊。
F：就知道你會這麼猜，人家的製作方式可不是走民族風。超現代時尚的。然後呢，他們還以新家庭為概念，融入親子互動的元素呢。
M：唔。所以妳看的是放在客廳的家具？
F：1)那個也有啦，吃飯的桌子也很優誒。你看這型錄。
M：哦，2)那我們看看要不要買套用餐的家具吧。
F：好啊好啊。
兩人在說想買什麼？

重點解說
1)提到也有客廳的家具，但強調的是後半句提到的餐桌。2)ダイニング（dining）＝食事。

解答：③

男の人と女の人が話しています。女の人は何が問題だと言っていますか。

M：仕事、辞めるって、本当？

F：あら、もう知ってるの。早いわね。実はね、海外協力隊でアフリカに行くことになったの。

M：そうかあ。看護師って、必要とされてるもんね。でも、いろいろ心配じゃない？

F：うん。でも、私が行く所には、日本人のお医者さんもいるんですって。

M：1)言葉は大丈夫なの？

F：2)そうなのよ。それが一番問題。英語が通じるとは限らないから。

M：そうだよね。食べ物は？

F：それは何とかなると思うわ。

M：ご両親は反対しなかったの？

F：最初はしたけど、わかってくれた。

M：そうか。じゃ、よかったね。

女の人は、何が問題だと言っていますか。

解答：②

中 譯

男人和女人在說話。女人說問題是什麼？

M：聽說妳要辭職了，真的嗎？

F：唉呀，你都知道了？傳得這麼快。其實我是要參加國際志工隊去非洲。

M：這樣啊。護理師的確是很需要的。可是要擔心的事很多吧。

F：嗯。不過聽說我要去的地方也有日本醫師。

M：1)語言可以通嗎？

F：2)就是啊。那是最大的問題。因為未必都通英語。

M：對啊。那吃的方面呢？

F：那應該總有辦法解決的。

M：妳父母沒反對啊？

F：一開始有，後來就理解了。

M：這樣啊，那就好。

她說問題是什麼？

重點解說

2)「そうなのよ」，表示十分贊同對方所說的話，「それ」指剛才提到的事，也就是1)語言的問題。

問題1-6番〔MP3 1-06〕

うちで男の人と女の人が話しています。男の人はどれを買いますか。

F：それ、通信販売のカタログ？ 何を買うの？

M：うん。僕の部屋、本がいっぱいだから本箱を買おうと思って。大きさが3種類あるんだね。背の高いタイプと低くて幅の広いタイプと高さも幅も中くらいのと。本当は低いタイプにして、上にいろいろ飾りたいけど、今の部屋だと背が高いタイプかな。引き出しがあると便利だけど。

F：じゃ、これは？ この高いタイプの。下に引き出しがついてるけど。

M：うん、いいけど、でも、これだと値段がねえ。

F：そうか。じゃ、これはどう。高さも幅も中くらいで、意外にいいんじゃない。上にも何か飾れるし。

M：そうだなあ。でも、これだと大きさが中途半端じゃないかなあ。1)あ、いや、この幅なら、部屋の窓際のところにぴったり入りそうだ。

F：じゃ、これにすれば。これなら値段も高くないし。

M：そうだね。じゃ、そうしよう。

男の人はどれを買いますか。

男人和女人在家裡說話。男人要買哪一個？

F：那是郵購的型錄嗎？你要買什麼？

M：嗯。我房間書太多了，想來買個書櫃。這裡有3種尺寸。有高的，有矮矮寬寬的，還有高度寬度都中等的。本來想買個矮一點的，上面還可以擺各種裝飾，可是現在這房間，還是要高一點的吧。有抽屜會比較方便。

F：那這個？這個高的書櫃。下面有抽屜。

M：嗯，這個很好，只是這個價錢就……。

F：這樣啊。那這個怎樣？高度寬度都中等，其實也不錯啊，上面也可以擺點裝飾。

M：這樣啊。可是這個尺寸會不會有點要大不大要小不小的。1)啊，不對，這個寬度好像剛好可以放進房間的窗邊。

F：那就選這個吧。這個的話價格也不貴。

M：對啊。那就這麼辦。

他要買哪一個？

重點解說

請留意像1)這樣的語氣轉折。做這類題目時，建議邊聽邊用筆點著討論的對象，確定了就圈起來。

解答：④

問題1-7番〔MP3 1-07〕

<ruby>女<rt>おんな</rt></ruby>の<ruby>人<rt>ひと</rt></ruby>と<ruby>男<rt>おとこ</rt></ruby>の<ruby>人<rt>ひと</rt></ruby>が<ruby>話<rt>はな</rt></ruby>しています。<ruby>女<rt>おんな</rt></ruby>の<ruby>人<rt>ひと</rt></ruby>はまず<ruby>何<rt>なに</rt></ruby>をしますか。

F：あの、<ruby>高田<rt>たかだ</rt></ruby>に<ruby>行<rt>い</rt></ruby>きたいんですが……<ruby>直通<rt>ちょくつう</rt></ruby>バスがあるって<ruby>聞<rt>き</rt></ruby>いたんですけど。

M：あ、<ruby>今日<rt>きょう</rt></ruby>はもう<ruby>直通<rt>ちょくつう</rt></ruby>バスは<ruby>出<rt>で</rt></ruby>てしまったんですよ。<ruby>何<rt>なに</rt></ruby>しろ1<ruby>日<rt>にち</rt></ruby>2<ruby>本<rt>ほん</rt></ruby>しかありませんからね。[1]<ruby>川田<rt>かわだ</rt></ruby>と<ruby>谷山<rt>たにやま</rt></ruby>でバスを<ruby>乗<rt>の</rt></ruby>り<ruby>継<rt>つ</rt></ruby>いでも<ruby>行<rt>い</rt></ruby>けますけど、<ruby>川田<rt>かわだ</rt></ruby>まで<ruby>行<rt>い</rt></ruby>って、そこから<ruby>電車<rt>でんしゃ</rt></ruby>に<ruby>乗<rt>の</rt></ruby>る<ruby>方法<rt>ほうほう</rt></ruby>もありますよ。バスで2<ruby>回<rt>かい</rt></ruby><ruby>乗<rt>の</rt></ruby>り<ruby>換<rt>か</rt></ruby>えるより、<ruby>電車<rt>でんしゃ</rt></ruby>のほうが<ruby>早<rt>はや</rt></ruby>いです。

F：<ruby>川田<rt>かわだ</rt></ruby>へ<ruby>行<rt>い</rt></ruby>くバスは<ruby>何時<rt>なんじ</rt></ruby>ですか。

M：[2]あと30<ruby>分<rt>ぷん</rt></ruby>で<ruby>出<rt>で</rt></ruby>ます。<ruby>川田<rt>かわだ</rt></ruby><ruby>発<rt>はつ</rt></ruby>の<ruby>電車<rt>でんしゃ</rt></ruby>はバスに<ruby>接続<rt>せつぞく</rt></ruby>していますから、すぐ<ruby>出<rt>で</rt></ruby>ます。

F：そうですか。じゃ、[3]<ruby>電車<rt>でんしゃ</rt></ruby>で<ruby>行<rt>い</rt></ruby>きます。

M：[4]<ruby>乗<rt>の</rt></ruby>り<ruby>換<rt>か</rt></ruby>え<ruby>時間<rt>じかん</rt></ruby>があまりないので、<ruby>電車<rt>でんしゃ</rt></ruby>の<ruby>切符<rt>きっぷ</rt></ruby>もここで<ruby>買<rt>か</rt></ruby>っていかれたほうがいいですよ。

F：あ、いっしょに<ruby>買<rt>か</rt></ruby>えるんですか。じゃ、そうします。どうもありがとうございました。

<ruby>女<rt>おんな</rt></ruby>の<ruby>人<rt>ひと</rt></ruby>はまず<ruby>何<rt>なに</rt></ruby>をしますか。

解答：①

中譯

女人和男人在說話。女人首先要做什麼？

F：請問，我想去高田……聽說有直達的公車。

M：喔，今天直達的公車已經走了。畢竟一天才兩班車。[1]在川田還有谷山兩站轉車也可以到，另外也可以坐到川田再搭電車。坐公車轉兩趟車，不如搭電車來得快。

F：去川田的公車是幾點？

M：[2]30分鐘後發車。從川田出發的電車跟公車有轉乘規劃，公車一到就會開車。

F：這樣啊。那[3]我搭電車好了。

M：[4]轉乘的時間很短，建議您在這邊把電車的票一併買了再搭。

F：啊，可以一起買啊。我就這麼辦。謝謝您。

女人首先要做什麼？

重點解說

聽了1)的建議和2)的說明之後，3)決定(搭公車再)搭電車去，4)建議電車的票跟公車的票一起買。搭往川田的公車自然是買票之後的事。

問題1-8番〔MP3 1-08〕

就職活動について、先輩が後輩に話しています。先輩はまず何をすればいいと思っていますか。

M：皆さんは、就職活動と言うと、会社の情報を集めて、会社を回ったり、エントリーシートを書いたり、面接の練習をしたりなんてことを思いうかべるでしょう。¹⁾でも、僕は、まず、どんな仕事が自分に向いているのかを考えることが大切だと思います。²⁾やりたい仕事と向いている仕事は同じじゃないかもしれません。やりたい仕事ばかり追いかけていると失敗するかもしれません。³⁾自分に合っている仕事、自分ができる仕事は何かを現実的に考えることから始めてください。そのあとで、それならどういう会社を選べばいいか考えればいいと思います。ただ、準備は早めに始めたほうがいいですね。

先輩はまず何をすればいいと思っていますか。

中 譯

學長在跟學弟妹分享求職心得。學長認為首先該做什麼？

M：提到求職活動，大家會想到的應該都是收集公司資訊、企業參訪啦、填寫徵才報名表啦、練習口試之類的事吧。¹⁾但我認為首先最重要的，是要想想怎樣的工作適合自己。²⁾想做的工作未必等於適合的工作。一味地追求想做的工作有可能會受挫。³⁾希望各位一開始就要先務實地想想什麼工作適合自己、自己能勝任。之後再針對這個方向，研究要選怎樣的公司。不過最好要及早開始準備。

學長認為首先該做什麼？

重點解說

一開始談到一般人會想到的事，接著話鋒一轉，用「でも」帶出自己的看法1)，2)說明原因，3)建議首先該做的事。

解答：②

問題1-9番〔MP3 1-09〕

男の人と女の人が話しています。女の人は何をするように言われましたか。

F：お呼びですか。

M：あ、山田君。実はちょっと頼みたいことがあってね。¹⁾君が担当しているのを田中君に代わってもらって、²⁾君にはA社との共同事業を担当してもらいたいんだ。

F：え、どうしてですか。今の仕事、とてもうまくいっていますのに。

M：A社との共同事業は、主に英語だからね。君なら英語が得意だし、この仕事はピッタリだと思うんだ。もちろん³⁾そのうち海外勤務になる可能性もあるけど。

F：共同事業ですか。わかりました。やってみます。

M：よろしく頼むよ。

女の人は何をするように言われましたか。

解答：③

男人和女人在說話。女人被交代要做什麼事？

F：您找我？

M：山田啊。其實我是有點事要拜託妳。¹⁾我想要請田中接妳手上的工作，²⁾請妳去負責我們跟A公司的合作案。

F：咦？為什麼？我現在的工作做得好好的啊。

M：因為我們跟A公司的合作案主要是用英語。妳英語很好，正適合這個工作。當然了，³⁾日後也有可能會外派出國。

F：合作案嗎。好，我試試看。

M：拜託妳了。

女人被交代要做什麼事？

重點解說

1)是要田中做的事，並未提到要她（山田）指導田中。2)是對她指示的內容。3)外派出國是未來可能的情況，不是交代她去做的事。

26

問題1-10番〔MP3 1-10〕

男の人と女の人がパーティーの準備をしながら話しています。二人はこれから何を準備しますか。

F：ええっと、あと必要なものは……

M：1)料理は肉も野菜も買ったからいいよね。2)サラダもオーケー。とすると、あとはデザートと飲み物か。

F：3)飲み物はいいワインがあるし、他にももう買ってあるから大丈夫。あ、ドレッシングを忘れてた。……デザートは果物とアイスクリームでいいでしょう。

M：5)アイスクリームはもう冷凍庫に入ってるから、6)じゃ、果物だね。

F：そうね。7)じゃ、メロンにオレンジにマンゴー。あと、パイナップル……

M：8)ケーキはどうかな。量は少なくても、あったほうがいいんじゃない。

F：9)じゃ、小さくて食べやすいのを少し用意しましょう。……10)テーブルの花はこれでいいわね。

M：オーケー。じゃ、……。

二人はこれから何を準備しますか。

中　譯

男人和女人在準備辦party。兩人接下來要準備什麼？

F：嗯……，我們還需要什麼呢？

M：1)吃的部分肉和蔬菜都買了。2)沙拉也OK了。這麼一來，就剩下甜點和飲料了吧。

F：3)飲料已經有上等葡萄酒了，其他飲料也買好了。4)啊，忘記買沙拉醬汁了。……甜點應該水果跟冰淇淋就可以了吧。

M：5)冰淇淋已經在冰箱了，6)那就是水果了。

F：是啊。7)那就哈蜜瓜跟柳橙跟芒果。還有鳳梨……。

M：8)蛋糕好不好？量少一點沒關係，有還是比較好吧。

F：9)那就準備一些些小巧方便食用的吧。……10)餐桌的花這個就可以了吧。

M：OK。那就……。

兩人接下來要準備什麼？

重點解說

1)肉和蔬菜OK，2)沙拉OK，3)飲料OK，4)要買沙拉醬汁，5)冰淇淋OK，6)提到要買水果，7)列水果清單，8)建議買蛋糕，9)附議。10)餐桌花OK。

解答：③

問題1-11番〔MP3 1-11〕

<ruby>女<rt>おんな</rt></ruby>の<ruby>人<rt>ひと</rt></ruby>と<ruby>男<rt>おとこ</rt></ruby>の<ruby>人<rt>ひと</rt></ruby>が<ruby>会社<rt>かいしゃ</rt></ruby>で<ruby>話<rt>はな</rt></ruby>しています。<ruby>女<rt>おんな</rt></ruby>の<ruby>人<rt>ひと</rt></ruby>は、<ruby>今日<rt>きょう</rt></ruby><ruby>何<rt>なに</rt></ruby>をしますか。

F：<ruby>社長<rt>しゃちょう</rt></ruby>、<ruby>来週<rt>らいしゅう</rt></ruby>の<ruby>海外出張<rt>かいがいしゅっちょう</rt></ruby>ですが、<ruby>準備<rt>じゅんび</rt></ruby>は<ruby>大丈夫<rt>だいじょうぶ</rt></ruby>でしょうか。

M：1)<u>ああ、そうそう、<ruby>先方<rt>せんぽう</rt></ruby>へのおみやげをまだ<ruby>準備<rt>じゅんび</rt></ruby>してないから、<ruby>買<rt>か</rt></ruby>ってほしいんだ。</u>……でもその<ruby>前<rt>まえ</rt></ruby>に、プレゼンのほうを<ruby>確認<rt>かくにん</rt></ruby>しよう。<ruby>資料<rt>しりょう</rt></ruby>はそろったよね。

F：はい、さきほど<ruby>確認<rt>かくにん</rt></ruby>しましたが、<ruby>問題<rt>もんだい</rt></ruby>ありません。パソコンなどの<ruby>機材<rt>きざい</rt></ruby>もチェックしました。

M：<ruby>事前<rt>じぜん</rt></ruby>に<ruby>先方<rt>せんぽう</rt></ruby>に<ruby>送<rt>おく</rt></ruby>るパンフレットは？

F：はい、それは<ruby>先週<rt>せんしゅう</rt></ruby>すでに<ruby>送<rt>おく</rt></ruby>ってありまして、<ruby>今週中<rt>こんしゅうちゅう</rt></ruby>に<ruby>届<rt>とど</rt></ruby>くということです。

M：2)<u>じゃあ<ruby>完璧<rt>かんぺき</rt></ruby>だよ。あとは……。</u>

F：はい、<ruby>了解<rt>りょうかい</rt></ruby>しました。<ruby>日本人形<rt>にほんにんぎょう</rt></ruby>とか、そういったものがいいでしょうか。

M：そうだね。3)<u>今日<ruby>見<rt>み</rt></ruby>に<ruby>行<rt>い</rt></ruby>ってくれる？</u>

F：わかりました。

<ruby>女<rt>おんな</rt></ruby>の<ruby>人<rt>ひと</rt></ruby>は、<ruby>今日何<rt>きょうなに</rt></ruby>をしますか。

解答：①

中譯

女人和男人在公司裡說話。女人今天要做什麼？

F：社長，下星期的國外出差，準備方面有沒有什麼問題？

M：1)<u>喔，對了，我還沒準備給對方的伴手禮，要請妳幫忙買一下。</u>……不過在那之前，我們先來確認一下簡報。資料都齊了吧。

F：是，我剛才確認過了，沒有問題。電腦等器材也都檢查過了。

M：事前要寄給對方的小手冊呢？

F：那個上星期已經有寄出去了，說這星期會到。

M：2)<u>那就十全十美了，只剩……。</u>

F：瞭解。日本人偶之類的東西可以嗎？

M：好啊。3)<u>妳今天可以幫忙去找找看嗎？</u>

F：好的。

女人今天要做什麼？

重點解說

1)是要她做的事，2)再確認只剩這項，3)要求她今天去做。中間提到的資料、電腦、小手冊都「問題ない」「チェックした」「送ってある」，建議聽到就刪掉。

問題1-12番〔MP3 1-12〕

<ruby>女<rt>おんな</rt></ruby>の<ruby>学生<rt>がくせい</rt></ruby>と<ruby>男<rt>おとこ</rt></ruby>の<ruby>教授<rt>きょうじゅ</rt></ruby>が<ruby>話<rt>はな</rt></ruby>しています。<ruby>学生<rt>がくせい</rt></ruby>はこのあと<ruby>何<rt>なに</rt></ruby>をしますか。

F：<ruby>先生<rt>せんせい</rt></ruby>、レポートのことでアドバイスいただきたいんですが。「アメリカの<ruby>今<rt>いま</rt></ruby>」っていうテーマなんですけど。

M：はい、いいですよ。<ruby>今<rt>いま</rt></ruby>まで、どんなことを<ruby>調<rt>しら</rt></ruby>べたんですか。

F：えーと、<ruby>人種構成<rt>じんしゅこうせい</rt></ruby>とか<ruby>政治<rt>せいじ</rt></ruby>や<ruby>経済状況<rt>けいざいじょうきょう</rt></ruby>などの<ruby>情報<rt>じょうほう</rt></ruby>と、<ruby>今<rt>いま</rt></ruby>のアメリカが<ruby>持<rt>も</rt></ruby>っている<ruby>問題<rt>もんだい</rt></ruby>と、それから……

M：うーん、なるほど。それらはすべて、インターネットや<ruby>本<rt>ほん</rt></ruby>などからの<ruby>情報<rt>じょうほう</rt></ruby>ですね。

F：そうですね。<ruby>新聞<rt>しんぶん</rt></ruby>とか、テレビのニュースもチェックしたほうがいいですね？

M：それもいいですが……。<ruby>実際<rt>じっさい</rt></ruby>に<ruby>調査<rt>ちょうさ</rt></ruby>してみたらどうですか。

F：<ruby>調査<rt>ちょうさ</rt></ruby>ですか……<ruby>例<rt>たと</rt></ruby>えば？

M：<ruby>例<rt>たと</rt></ruby>えば、この<ruby>大学<rt>だいがく</rt></ruby>の<ruby>学生<rt>がくせい</rt></ruby>に、<ruby>今<rt>いま</rt></ruby>のアメリカの<ruby>印象<rt>いんしょう</rt></ruby>について<ruby>聞<rt>き</rt></ruby>いて、まとめるとか。またはアンケートを<ruby>取<rt>と</rt></ruby>るとか。

F：あー、そうですね。わかりました。すぐ<ruby>聞<rt>き</rt></ruby>いてみます。

M：¹⁾あ、どんな<ruby>調査<rt>ちょうさ</rt></ruby>をするか、<ruby>内容<rt>ないよう</rt></ruby>を<ruby>決<rt>き</rt></ruby>めることが<ruby>先<rt>さき</rt></ruby>ですよ。<ruby>内容<rt>ないよう</rt></ruby>を<ruby>考<rt>かんが</rt></ruby>えたら、<ruby>一度<rt>いちど</rt></ruby><ruby>私<rt>わたし</rt></ruby>に<ruby>見<rt>み</rt></ruby>せてください。

F：わかりました、<ruby>先生<rt>せんせい</rt></ruby>。ありがとうございます。

<ruby>学生<rt>がくせい</rt></ruby>はこのあと<ruby>何<rt>なに</rt></ruby>をしますか。

解答：③

中 譯

女學生和男教授在說話。學生接下來要做什麼？

F：老師，可不可以給我一些關於報告的建議？題目是「美國現況」。

M：可以啊。妳之前查了些什麼？

F：嗯，我查了種族結構、政治和經濟情況之類的資料，現在美國面臨的問題，還有……。

M：喔，這樣啊。妳查的全都是網路跟書本上的資料吧。

F：是啊。我是不是應該再去查報紙跟電視新聞？

M：那也是可以啦……。不過妳要不要實際調查看看？

F：調查？像怎樣的？

M：例如去問我們學校的學生對現今美國的印象是什麼，然後做個整理。或者做問卷調查之類的。

F：喔，這樣啊。我懂了，我馬上去問問看。

M：¹⁾啊，記得先決定內容，看妳要做怎樣的調查。想好內容再拿來給我看看。

F：好。謝謝老師。

學生接下來要做什麼？

重點解說

女生提到查報紙和新聞的事，老師則建議做訪談和問卷，但1)提醒女生要先想好訪談和問卷的內容，然後才給老師看。

問題1-13番〔MP3 1-13〕

女の人と男の人が話しています。女の人は何で行きますか。

F：あの、山田村に行きたいんですが、バスはどこから出ていますか。

M：え、山田村に行くバスは、今日はもうありませんよ。一日２本しか出ていないんですよ。

F：じゃ、どうすればいいですか。

M：今日中に着きたいんだったら、電車で上田まで行って、そこからバスに乗れば……。あ、ちょっと待って。上田からのバスももうだめだ。乗れないですね。じゃ、1)電車で北町まで行って、そこで吉川行きに乗り換えてください。で、野川まで行って、そこからはタクシーで行くしかないですね。

F：タクシーでどのくらいかかります？

M：そうですね、20分ぐらいでしょう。

F：わかりました。じゃ、そうします。ありがとうございました。

女の人は何で行きますか。

解答：④

中 譯

女人和男人在說話。女人要怎麼去？

F：請問，我想去山田村，公車在哪裡發車？

M：喔，往山田村的公車，今天已經沒有了。1天只有2班哦。

F：那我要怎麼去？

M：要是想今天抵達的話，可以搭電車到上田，在上田搭公車……。啊，等一下，從上田出發的公車也不行了。趕不上。不然就1)搭電車到北町，在北町轉搭往吉川的電車，然後坐到野川，野川之後就只能搭計程車了。

F：計程車要多久？

M：這個嘛，差不多20分鐘吧。

F：我知道了。那就這麼辦。謝謝您。

女人要怎麼去？

重點解說

直達的公車沒有了，搭電車轉公車也已經趕不上公車了，所以他建議1)，電車＋計程車，她決定照辦。

問題1-14番〔MP3 1-14〕

男の人と女の人が話しています。これから何を準備しますか。

M：明日のワークショップの準備ができましたね。

F：そうですね。チェックしてみましょう。まず会場。えーと、テーブルと椅子はグループごとの配置、各テーブルにラップトップと資料……。これは大丈夫ですね。

M：ええ。それからステージにはテーブルとマイク3本、¹⁾あ、ここにも資料が必要ですね。えー、先生方用だから、3部。

F：わかりました。²⁾あとで置いときます。ラップトップはありますか。

M：ええ、それは大丈夫です。

F：あと、プレゼンテーションの準備はどうですか。

M：さっき機材を使って試してみたので、間違いないですね。

F：では受付のほうを見ましょうか。えー、名札と名簿、アンケート用紙、揃ってますね。

M：ええ……。ああ、ここで参加費を受け取るんですよね。³⁾お釣りを準備しておいたほうがいいでしょうか。

F：そうですね！⁴⁾1,500円ですから、500円玉と千円札を準備しましょう。

M：はい、了解。ではこれで大丈夫ですね。

これから何を準備しますか。

解答：④

中　譯

男人和女人在說話。接下來要準備什麼？

M：明天的分組研討會都準備好了吧。

F：對喔，我們來檢查一下好了。首先是會場。嗯，桌椅按組別排列，每張桌上放筆電跟資料……。這部分沒問題吧。

M：嗯。然後講台上要擺桌子和3支麥克風，¹⁾啊，這裡也要資料。嗯，給老師的，所以要3份。

F：好。²⁾我等一下先去放好。筆電有嗎？

M：有，筆電沒問題。

F：還有，簡報準備得怎樣了。

M：我剛才試用了一下器材，沒有問題。

F：那我們再來看簽到處的部分吧。嗯，名牌跟名單、問卷，都齊了嘛。

M：嗯……。啊，我們要在這裡收報名費對吧？³⁾是不是先準備一些零錢比較好？

F：說得是。⁴⁾報名費1,500日圓，所以要準備500日圓硬幣跟1千日圓紙鈔。

M：好，我知道了。那這樣就沒問題了吧。

接下來要準備什麼？

重點解說

1)提到需要資料，2)說要去放資料。3)建議準備零錢，4)說明要準備怎樣的零錢。

問題1-15番〔MP3 1-15〕

男の人と女の人が話しています。女の人は何が心配だと
言っていますか。

M：仕事、見つかったんだって？

F：そうなの。やっと、安心したわ。

M：どんな内容？

F：貿易関係の会社で、海外の取引先と連絡して品物を
買い付ける仕事をするの。

M：いいじゃない。¹⁾英語が使えるし、ぴったりだね。

F：²⁾まあその点は何とか。でもねえ、心配はあるのよ。

M：何でも百点満点はないよ。で、何？³⁾上司とうまくい
きそうもないとか？

F：⁴⁾そういうことじゃないのよ。その会社、うちから遠
くてねえ。

M：ああ、そうか。通勤の満員電車、いやだよね。

F：⁵⁾それより、会社8時からだから……。7時45分には
着いてないといけないの。

M：⁶⁾ああ、朝の問題？それは大変だねえ。⁷⁾夜、早く寝
ないといけないねー。

F：冗談じゃないのよ。だって毎日なのよ。

女の人は、何が心配だと言っていますか。

解答：④

中 譯

男人和女人在說話。女人說她擔心什麼？

M：聽說妳找到工作啦？

F：是啊，終於放心了。

M：什麼工作？

F：是在一家貿易方面的公司，負責聯繫國外的廠商採購貨品。

M：很好啊。¹⁾可以用到英語，正適合妳。

F：²⁾這部分應該還好。可是有件事我很擔心。

M：沒有什麼是十全十美的。妳擔心什麼？³⁾上司看起來不好相處嗎？

F：⁴⁾不是那個啦。是這家公司離我家太遠了。

M：喔，上下班電車人擠人確實很煩。

F：⁵⁾更慘的是，公司8點上班……。所以我7點45分就得到。

M：⁶⁾喔，是一大早的問題？那真的很吃力。⁷⁾妳晚上得早點睡了。

F：不是鬧著玩的。每天欸！

女人說她擔心什麼？

重點解說

1)和2)可知英語沒問題，3)猜測上司的問題，4)隨即否定。5)「それより」帶出比「滿員電車」更擔心的事。6)、7)說的也是同一件事。

問題1-16番〔MP3 1-16〕

男の人と女の人が話しています。男の人はこれから何を買いますか。

F：来週から新学期が始まるけど、必要なものはもうそろった？

M：今準備中だよ。僕たち、新入生だから準備するものがいっぱいあるよね。えーと、まずバックパック、通学用の靴、それから、そうそう、僕は自転車がないんだよ。スケートボードでもいいんだけど。

F：うーん…。何だか外側のものばかり言ってない？中身は？

M：中身？　バックパックの中身ってこと？弁当箱とか？

F：冗談言ってないで。1)新学期の授業前に、テキストをそろえるようにって、学部の教授が言ってたでしょ。

M：あー、それか。メールをもらったよね、確か。まあ、月曜の授業のテキストは買ったよ。高くてさあ、全部買えなかったよ。

F：2)火曜のも今買ったほうがいいって、先輩が言ってたよ。売り切れちゃうんだって。

M：えー、そうなの。でもファイルやらペンやら文房具を買わないといけないからなあ。

F：古いのがあるでしょう。3)まず授業のことを考えた方がいいんじゃない？

M：わかったよ、じゃあ今から買いに行くよ。

男の人はこれから何を買いますか。

解答：④

中 譯

男人和女人在說話。男人接下來要買什麼？

F：下星期就要開學了，需要的東西都備齊了嗎？

M：我還在準備。我們是新生，要準備的東西可多了。嗯，首先是後背包，上學穿的鞋子，還有，對了，我沒自行車呢。不過用滑板好像也可以。

F：嗯……。怎麼你說的都是一些外面的東西，裡面的呢？

M：裡面？背包裡面的東西？便當盒嗎？

F：別鬧了。1)系上的教授不是有說嗎？開學上課以前，要備妥課本。

M：喔，那個啊。好像有收到信喔。星期一的課本我買了。太貴了，沒辦法全都買。

F：2)學姐有說過，星期二的最好也現在買。說到時會缺貨。

M：真的嗎？可是我還得買檔案夾跟筆之類的文具欸。

F：不是有舊的嗎？3)先想想上課的事才對吧。

M：好嘛，那我現在就去買。

男人接下來要買什麼？

重點解說

1)先提醒要買課本，2)再提醒可能缺貨，3)又規勸以學習為重。最後他也同意了。

問題1-17番〔MP3 1-17〕

<ruby>女<rt>おんな</rt></ruby>の<ruby>人<rt>ひと</rt></ruby>と<ruby>男<rt>おとこ</rt></ruby>の<ruby>人<rt>ひと</rt></ruby>が<ruby>話<rt>はな</rt></ruby>しています。<ruby>女<rt>おんな</rt></ruby>の<ruby>人<rt>ひと</rt></ruby>はどこに<ruby>何泊<rt>なんぱく</rt></ruby>しますか。

F：すみません、<ruby>京都<rt>きょうと</rt></ruby>へ<ruby>旅行<rt>りょこう</rt></ruby>したいと<ruby>思<rt>おも</rt></ruby>ってるんですけど。<ruby>二人<rt>ふたり</rt></ruby>で、3<ruby>泊<rt>ぱく</rt></ruby>です。

M：いらっしゃいませ。<ruby>京都<rt>きょうと</rt></ruby>でございますね。はい。まずホテルですが、どのようなところがご<ruby>希望<rt>きぼう</rt></ruby>でしょうか。

F：あの、アメリカ<ruby>人<rt>じん</rt></ruby>の<ruby>友人<rt>ゆうじん</rt></ruby>を<ruby>招待<rt>しょうたい</rt></ruby>するので、<ruby>日本的<rt>にほんてき</rt></ruby>な<ruby>所<rt>ところ</rt></ruby>がいいんですが。

M：なるほど、それでしたら、お<ruby>寺<rt>てら</rt></ruby>に<ruby>泊<rt>と</rt></ruby>まって<ruby>日本<rt>にほん</rt></ruby>らしさを<ruby>体験<rt>たいけん</rt></ruby>してみるというのはいかがでしょうか。<ruby>料金<rt>りょうきん</rt></ruby>もあまり<ruby>高<rt>たか</rt></ruby>くありませんし。<ruby>朝<rt>あさ</rt></ruby>ご<ruby>飯<rt>はん</rt></ruby><ruby>付<rt>つ</rt></ruby>きです。

F：ああ、お<ruby>寺<rt>てら</rt></ruby>。それもいいですね。でも3<ruby>泊<rt>ぱく</rt></ruby><ruby>全部<rt>ぜんぶ</rt></ruby>だとちょっと……。

M：そうですね……。¹⁾お<ruby>寺<rt>てら</rt></ruby>は1<ruby>泊<rt>ぱく</rt></ruby>か2<ruby>泊<rt>はく</rt></ruby>にして、あとはホテルになさいますか。

F：それがいいかもしれませんね。²⁾でも<ruby>西洋式<rt>せいようしき</rt></ruby>のホテルより、<ruby>日本式旅館<rt>にほんしきりょかん</rt></ruby>のほうが<ruby>楽<rt>たの</rt></ruby>しいんじゃないかしら。<ruby>大<rt>おお</rt></ruby>きなお<ruby>風呂<rt>ふろ</rt></ruby>もあるでしょう。

M：<ruby>日本式<rt>にほんしき</rt></ruby>のお<ruby>風呂<rt>ふろ</rt></ruby>に<ruby>入<rt>はい</rt></ruby>れる<ruby>方<rt>かた</rt></ruby>でしたら、そのほうが<ruby>楽<rt>たの</rt></ruby>しいでしょうね。

F：そうね。³⁾お<ruby>寺<rt>てら</rt></ruby>は<ruby>日本文化体験<rt>にほんぶんかたいけん</rt></ruby>として<ruby>一晩<rt>ひとばん</rt></ruby>、あとは<ruby>旅館<rt>りょかん</rt></ruby>にしましょう。

M：かしこまりました。<ruby>京都<rt>きょうと</rt></ruby>のどのあたりがよろしいでしょうか。……。

<ruby>女<rt>おんな</rt></ruby>の<ruby>人<rt>ひと</rt></ruby>はどこに<ruby>何泊<rt>なんぱく</rt></ruby>しますか。どのくらい<ruby>泊<rt>と</rt></ruby>まりますか。

解答：②

中 譯

女人和男人在說話。女人要在哪裡住幾個晚上？

F：不好意思，我想去京都旅行。兩個人，4天3夜。

M：歡迎光臨。京都嗎？好的。我們先看飯店，您想住怎樣的地方呢？

F：嗯，我要請美國的朋友來玩，所以最好是有日本特色的地方。

M：原來如此，這樣的話，您要不要考慮看看住到佛寺體驗道地的日本文化？而且費用也不很貴。有附早餐。

F：喔，佛寺。這個不錯。不過3個晚上都住就……。

M：說得也是……。¹⁾那佛寺住一兩晚，之後去住飯店？

F：這樣可能比較好。²⁾不過住西式飯店，還不如住日式旅館比較有意思吧。而且還有大浴場不是嗎？

M：如果您的朋友敢進日式浴場泡湯，這樣是比較有意思。

F：是啊。³⁾那就佛寺住1晚體驗日本文化，剩下的就住日式旅館吧。

M：好的。那您想去京都的哪一帶呢？……。

女人要在哪裡住幾個晚上？

重點解說

1)提議住佛寺和飯店，2)想把飯店改為日式旅館，3)決定佛寺1晚，剩下的（2個晚上）住旅館。

問題1-18番〔MP3 1-18〕

男の人が環境を守ることについて話しています。今日から何をしようと言っていますか。

M：環境を守るためにできることはいろいろあります。電気などエネルギーを使いすぎない、川や海を汚さない、ごみを捨てるときちんと分けて捨てる、などですね。今日は、一つだけ、考えてみましょう。えー、捨てるものを少なくする、ということです。皆さん、毎日何を捨てていますか？食べ物？ええ、そうですね！それから……紙、ビン、缶など。1)一度に全部減らすのは大変ですから、今日から1週間、食べ物を捨てる量を少なくすることを実行してみましょう。2)何でもやろうとすると失敗します。少しずつするのが成功への道ですね。さて、では具体的に、どうしたらいいでしょうか…．。

男の人は今日から何をしようと言っていますか。

解答：③

中 譯
男人在談環保。他說今天起要大家一起做什麼？

M：要保護環境，我們可以做的事有很多。像是不要過度使用電力等能源、不要汙染河川海洋、丟垃圾時要確實分類再丟等等。今天我們就想一件事：減少丟棄的東西。你們每天都會丟棄什麼？食物？對，沒錯！還有呢……紙類、瓶子、罐子等等。1)一次全部都減很難，所以我們從今天開始這一個星期，就來試著努力減少廚餘。2)什麼都要做很容易失敗。一點一點來才是成功之道。至於具體要怎麼做呢……。

男人說今天起要大家一起做什麼？

重點解說
一開始談垃圾減量，舉例出現紙類和瓶子，但1)把範圍縮小至垃圾中的廚餘，2)補充說貪多嚼不爛。

問題1-19番〔MP3 1-19〕

男の人と女の人が話しています。男の人はこの後何をしますか。

M：あした面接だから今日はもう寝るよ。

F：そうね、準備はできてる？

M：ああ、確認しよう。ネクタイ、スーツ、シャツ、靴下。

F：会社の地図とかも大丈夫？

M：うん、プリントアウトしたよ。えーと、かばんの中に、ケータイと、会社案内のパンフレットと、自分の履歴書と、財布。

F：ああ、水のペットボトルがあったほうがいいんじゃない？緊張すると喉が渇くから。

M：ああそうだ。明日、コンビニに寄ろう。

F：今買ったほうがいいわよ。1)私、買ってきてあげる。

M：いいよ、いいよ。僕が行くから。

F：2)だめだめ。あなたはもう寝なさい。

M：3)そう？ じゃあ、お願い。

F：はいはい。じゃあお休み。目覚まし時計、かけた？

M：うん、大丈夫。

男の人はこの後何をしますか。

解答：④

中 譯

男人和女人在說話。男人接下來要做什麼？

M：我明天要面試，現在就要去睡了。

F：是該去睡了，都準備好了？

M：喔，我檢查一下。領帶、西裝、襯衫、襪子。

F：公司的地圖那些也都弄好了嗎？

M：嗯，我印出來了。我看看，包包裡有手機跟公司簡介手冊、我自己的履歷表跟錢包。

F：啊，是不是帶個瓶裝水比較好？緊張時容易口渴。

M：對喔。明天我去一下超商。

F：現在買起來比較好吧。1)我去幫你買。

M：不用啦。我去就好了。

F：2)不行不行。你快去睡覺。

M：3)這樣嗎？那就拜託妳了。

F：好了。晚安。鬧鐘設定了嗎？

M：嗯，沒問題。

男人接下來要做什麼？

重點解說

服裝和地圖前面已檢查過，後來提到要買瓶水，1)她提議她去買，雖然他反對，說要自己去，但2)她駁回，並叫他去睡覺，3)他同意請她去買，自己去睡覺。

36

問題1-20番〔MP3 1-20〕

女の人と男の人が駅で話しています。二人は、これから
どうしますか。

F：ねえ、事故があったみたいよ。何か放送してる。

M：そういえば、すごい人だね。

F：あとどのくらいで動くのかなあ？電車が動くのを待
　　つ？

M：¹⁾電車は当分、動かないみたいだ。地下鉄かバスで行
　　くしかないみたいだよ。

F：でも、²⁾地下鉄じゃ方向が違うし、じゃ、バス？

M：とりあえず、外に出よう。……うわあ、バスを待つ
　　人がこんなにいるんだ。

F：じゃ、タクシー？　ああ、でもタクシー乗り場もあ
　　んなにたくさん待ってる。これじゃ、いつになった
　　ら乗れるかわからないわね。

M：これなら³⁾バスを待ったほうがましだよ。⁴⁾混んでい
　　ても乗れればいいんだから。

F：そうね。じゃ、そうしましょう。

二人は、これからどうしますか。

解答：④

女人和男人在車站說話。兩人接
下來會怎麼做？

F：好像有交通事故欸。有人在
　　廣播。

M：妳一說我才發現，好多人
　　啊。

F：不知道還要多久才會開車？
　　要等到電車開動嗎？

M：¹⁾電車可能好一陣子都不會開
　　動。我看只好搭地鐵或公車
　　去了。

F：可是²⁾地鐵的方向不一樣，不
　　然搭公車？

M：先出去再說。……天啊，等
　　公車的人這麼多啊。

F：不然搭計程車？啊，計程車
　　招呼站也那麼多人在排。這
　　樣真不知道什麼時候才能搭
　　上車。

M：這樣的話，³⁾不如去等公車還
　　好一點。⁴⁾擠一點沒關係，搭
　　得上車就好了。

F：也對，那就這麼辦吧。

兩人接下來會怎麼做？

重點解說

1)表示不想等電車，2)表示不想
搭地鐵。等公車和計程車的人都
很多，但3)他提出寧可等公車，
4)說明理由，然後她也同意了。

問題1-21番〔MP3 1-21〕

女の人と男の人が話しています。二人は何を作ることにしましたか。

F：今度の日曜日、みんなうちに集まるんでしょう。メニューどうしよう……なるべく費用がかからなくて、楽なもの……。

M：楽といえば焼き肉だけど……

F：人数が多いから、焼き肉にするとお肉がたくさん必要で費用が大変よ。

M：そうだな。みんなたくさん食べるしな。1)費用を抑えたいなら、スパゲッティーは？ソースを何種類か作って。

F：2)ご飯がないとおなかがいっぱいにならないっていう人もいるけど……

M：それは大丈夫じゃない？どうしてもご飯が食べたい人は家に帰って食べてもらえば……。

F：そうね。でなければ、おでんとか……あ、カレーでもいいかな。

M：カレーもいいねえ。量もたくさん作っておけるし。でも、カレーって、外で食べることも多いから、どうかなあ。おでんもいいけどおでんだけじゃだめだよね。他に何かいるんじゃない。

F：それもそうね。3)じゃ、ご飯はなくてもいいってことにしようかな。

M：そうだね。そうしようよ。

二人は何を作ることにしましたか。

解答：②

中 譯

女人和男人在說話。兩人決定要煮什麼？

F：這星期天，大家不是要來我們家聚會嗎？菜單要怎麼辦呢……儘量別花太多錢，省事一點的……。

M：要省事就是烤肉了吧……。

F：人多啊，烤肉的話就要很多肉，花費很可觀哦。

M：對喔。大家食量都很大。1)要壓低費用的話，不然義大利麵？我們煮幾種醬料。

F：2)可是有的人不吃米飯沒有飽足感……。

M：那有什麼問題？一定要吃飯的人就叫他自己回家再吃嘛……。

F：也是。不然的話，像關東煮之類的……對啊，咖哩也可以呀。

M：咖哩也不錯啊。可以先煮一大鍋。可是，咖哩這東西在外面也很常吃，這樣好嗎？關東煮也不錯，可是不能只有關東煮吧。還要其他的東西。

F：說得也是。3)那就這樣吧？沒有白飯就算了。

M：是啊，就這樣吧！

兩人決定要煮什麼？

重點解說

烤肉太貴，一開始就排除了。1)提出義大利麵，2)提出需要米飯，之後提議的關東煮和咖哩各有各的問題，最後3)不堅持米飯的事，所以結論是義大利麵。

問題1-22番〔MP3 1-22〕

女の人と男の人が話しています。男の人は何を買いますか。

F：一人暮らしを始めたんですってね。

M：うん。今度は学校に近いから、大分楽になるよ。実家からじゃ遠かったから。

F：でも、初めての一人暮らしじゃ、いろいろ買わなきゃならなくて大変でしょう。

M：まあ、電気製品はね。他の物は、今まで使ってたもので何とかしようと思ってるけど。洗濯機と冷蔵庫は買ったんだ。掃除機はいらないし、料理もしないし……

F：え、じゃ、1)炊飯器は買わないの。ご飯は炊かないつもり？

M：うん。2)ご飯は買ってくればいいし、……3)あ、電子レンジ、いるかなあ？

F：それはぜったい必要よ。4)食べ物を買ってきても、温めなきゃおいしくないでしょう。

M：わかった。じゃ、明日買いに行こう。

男の人は何を買いますか。

解答：④

<table>
<tr><td>中 譯</td></tr>
</table>

女人和男人在說話。男人要買什麼？

F：聽說你開始獨居生活啦？

M：嗯，這下離學校近，輕鬆多了。我家到學校太遠了。

F：不過第一次一個人住，很多東西都要買，不容易啊。

M：還好啦，就電器產品吧。其他的我想就拿以前用的將就用一用。洗衣機跟冰箱我已經買了。吸塵器我不需要，我又不開伙……。

F：什麼？所以1)你不買電鍋嗎？你打算飯都不煮啊？

M：嗯。2)飯買回來就好了，……3)啊，我是不是需要微波爐啊？

F：那是一定要的啊。4)你買吃的回來，不加熱也不好吃啊。

M：好。那我明天去買。

男人要買什麼？

重點解說

前面提到洗衣機跟冰箱已經買了，她提出疑問1)，他在2)回答了，所以不買電鍋。3)提到微波爐，4)說明需要的原因，最後他決定買了。

問題1-23番〔MP3 1-23〕

男の人と女の人が話しています。女の人はこれから何を
しますか。

M：佐藤先生の講演会の準備、進んでる？

F：ええ。¹⁾どのぐらいの大きさの会場にするかで、迷っ
たんですけどね、まあ、少し大きめの所を予約しま
した。

M：そうか。ま、人気のある先生だから、大きめのほう
がいいだろうね。

F：ええ、そう思って。ですから、²⁾ポスターとか新聞の
広告とかは、早めに出すように頼みました。お客さ
まが少なくても困りますし。

M：そうだねえ。じゃ、準備はできたね。

F：ええ、だいたい。³⁾まだ関係者に招待状を出してない
んですけど、もう印刷はできているので、あとは出
すだけですから。

M：そうか。講演会が終わった後にはちょっとしたパー
ティーをするんだろう？

F：ええ。でも⁴⁾それは田中さんがやってくれますから。

M：じゃ、オーケーだね。

女の人はこれから何をしますか。

解答：③

中 譯

男人和女人在說話。女人接下來
要做什麼？

M：佐藤老師演講的準備工作還
順利嗎？

F：嗯。¹⁾本來在猶豫要找多大的
會場，後來訂了一個比較大
的。

M：這樣啊。也是，這麼熱門
的老師，會場大一點是比較
好。

F：嗯，我就是這麼想的。所以
²⁾海報跟報紙廣告這些，都有
請他們早點上。聽眾太少也
不好。

M：是啊。那就都準備好了嘛。

F：嗯，大致都好了。³⁾我還沒寄
邀請函給相關人士，不過已
經印好了，只剩下郵寄。

M：喔。演講結束後不是要辦一
場小型餐會嗎？

F：嗯。不過⁴⁾那部分田中會幫忙
安排。

M：那就是OK啦。

女人接下來要做什麼？

重點解說

1)會場訂了，2)報紙廣告已聯絡
了，3)剩下邀請函要寄，4)餐會
不是她負責的。

問題1-24番〔MP3 1-24〕

<ruby>女<rt>おんな</rt></ruby>の<ruby>人<rt>ひと</rt></ruby>と<ruby>男<rt>おとこ</rt></ruby>の<ruby>人<rt>ひと</rt></ruby>が<ruby>会社<rt>かいしゃ</rt></ruby>で<ruby>話<rt>はな</rt></ruby>しています。<ruby>女<rt>おんな</rt></ruby>の<ruby>人<rt>ひと</rt></ruby>は、まず<ruby>何<rt>なに</rt></ruby>をすることにしましたか。

F：<ruby>課長<rt>かちょう</rt></ruby>、<ruby>今<rt>いま</rt></ruby>、ちょっといいでしょうか。

M：ああ、はい、<ruby>何<rt>なん</rt></ruby>ですか。

F：<ruby>私<rt>わたし</rt></ruby>、<ruby>来月<rt>らいげつ</rt></ruby>、<ruby>研修<rt>けんしゅう</rt></ruby>を<ruby>受<rt>う</rt></ruby>けることになっているので、いろいろ<ruby>考<rt>かんが</rt></ruby>えているんですけど。

M：ああ、<ruby>3年目研修<rt>ねんめけんしゅう</rt></ruby>ですね。がんばってください。

F：はい。それで、<ruby>今<rt>いま</rt></ruby>の<ruby>業務<rt>ぎょうむ</rt></ruby>についてもっと<ruby>幅広<rt>はばひろ</rt></ruby>く<ruby>知識<rt>ちしき</rt></ruby>をもっておきたいと<ruby>思<rt>おも</rt></ruby>うんです。<ruby>何<rt>なに</rt></ruby>かいい<ruby>本<rt>ほん</rt></ruby>とか、インターネットのサイトとか、<ruby>教<rt>おし</rt></ruby>えていただけないでしょうか。

M：なるほど。<ruby>事前<rt>じぜん</rt></ruby>に<ruby>勉強<rt>べんきょう</rt></ruby>しておくんですか。さすがですね。1)でも、<ruby>本<rt>ほん</rt></ruby>とかはどうだろう……。<ruby>読<rt>よ</rt></ruby>んで<ruby>得<rt>え</rt></ruby>られる<ruby>知識<rt>ちしき</rt></ruby>じゃないほうがいいかもしれないね。

F：というと、もっと<ruby>行動的<rt>こうどうてき</rt></ruby>な<ruby>方法<rt>ほうほう</rt></ruby>ですか。

M：うん。……2)<ruby>業界<rt>ぎょうかい</rt></ruby>の<ruby>勉強会<rt>べんきょうかい</rt></ruby>に<ruby>出<rt>で</rt></ruby>てみますか。ちょうど、<ruby>僕<rt>ぼく</rt></ruby>が<ruby>所属<rt>しょぞく</rt></ruby>している<ruby>勉強会<rt>べんきょうかい</rt></ruby>が<ruby>明日<rt>あした</rt></ruby>あるから、いっしょに<ruby>行<rt>い</rt></ruby>ければ、<ruby>紹介<rt>しょうかい</rt></ruby>するよ。

F：もちろん<ruby>行<rt>い</rt></ruby>きます。ありがとうございます。……あと、<ruby>業界<rt>ぎょうかい</rt></ruby>でいろんな<ruby>発言<rt>はつげん</rt></ruby>をしている<ruby>人<rt>ひと</rt></ruby>の<ruby>講演会<rt>こうえんかい</rt></ruby>なんか、どうでしょうか。

M：それは、けっこう<ruby>刺激<rt>しげき</rt></ruby>を<ruby>受<rt>う</rt></ruby>けると<ruby>思<rt>おも</rt></ruby>いますよ。いいんじゃない？ただその<ruby>場合<rt>ばあい</rt></ruby>は、<ruby>一人<rt>ひとり</rt></ruby>じゃなくて、<ruby>複数<rt>ふくすう</rt></ruby>の<ruby>違<rt>ちが</rt></ruby>った<ruby>意見<rt>いけん</rt></ruby>を<ruby>聞<rt>き</rt></ruby>くほうがいいね。

F：そうですね。ネットで<ruby>調<rt>しら</rt></ruby>べてみます。

M：3)それもいいけど、<ruby>勉強会<rt>べんきょうかい</rt></ruby>で<ruby>聞<rt>き</rt></ruby>いてみてからでもいいんじゃない？たぶん、いろんな<ruby>情報<rt>じょうほう</rt></ruby>がもらえる

女人和男人在公司裡說話。她決定要先做什麼事？

F：課長，現在可以佔用您一點時間嗎？

M：好啊，什麼事。

F：我下個月要去參加研習，我有一些想法。

M：喔，第3年的研習是吧。加油。

F：是的。所以我希望能擴充對現在工作內容的相關知識。可以告訴我有什麼適合的書或網站嗎？

M：這樣啊。妳是想預習啊。真了不起。1)不過書本之類的怎麼說呢……。我覺得或許可以試試其他方法，而不是從閱讀獲得知識。

F：您是指，更有行動力的方法？

M：對。……2)妳要不要試著參加業界的讀書會？正好，我參加的讀書會明天有活動，妳要是能一起去，我就幫妳介紹。

F：我當然去。謝謝課長。……還有，您覺得我該不該去聽業界常發言的人演講？

M：那應該很能給妳一些啟發，很好啊。只是要去聽的話，最好不要只聽一個人的，要多聽聽不同的意見。

F：說得是。我上網查查看。

M：3)那也行，不過也可以先在讀書會問問看再查。應該可以獲得不少資訊才對。

と思うよ。

F：ああ、そうですね。まずはそうします。

M：そうだね。じゃあ時間と場所、メールしておくか
　　ら。

F：よろしくお願いします。ありがとうございます。

女の人は、まず何をすることにしましたか。

解答：③

F：喔，對啊。那我就先這麼
　　做。

M：是啊。時間跟地點，我會先
　　寄給妳。

F：麻煩您了。謝謝課長。

女人決定要先做什麼事？

重點解說
1)建議用書本跟網站之外的方式
學習，2)建議參加讀書會，3)要
聽哪些演講，建議去讀書會諮詢
過再上網查。「まずはそうしま
す」就是要依照3)的建議去做。

問題1-25番〔MP3 1-25〕

男の人と女の人がホテルで話しています。男の人は、どのレストランへ行きますか。

F：お客様、どのようなご用件でしょうか。

M：えーと、ホテルの近くで食事をしたいんだけど、どこかいいところはないかと思って。二人で行くんですけど。

F：かしこまりました。えー、和食がよろしいでしょうか。それとも、中華料理、イタリア料理などもございます。この中華レストランは、とても人気のあるお店です。

M：ああ、中華は好きなんだけど、今日は人数が少ないからちょっと……。

F：そうですね……アジア系ではベトナム料理店もあります。味の良さでは有名な店です。でもここから20分くらい歩かないといけないんですけど。

M：1)ベトナム料理もいいですね。歩くのも運動になっていいかもしれない。えーと、ほかには……。和食の店もあるんですよね。

F：はい、この店は高級料理店です。雑誌などでもよく紹介されていて本格的な和食レストランです。

M：そうか、それだとちょっとぜいたくかな。イタリア料理はどうですか。

F：ここはごく普通の、ピザとパスタの店ですね。

M：う〜ん……。2)じゃあ、やっぱり散歩ついでに食べてくることにしますよ。

F：はい。そこの川沿いの道が遊歩道になっております。どうぞごゆっくり。

男の人は、どのレストランへ行きますか。

解答：④

中 譯

男人和女人在飯店裡說話。男人要去哪家餐廳？

F：您好，請問有什麼能為您效勞的嗎？

M：是這樣，我想在飯店附近用餐，不知道有沒有什麼適合的地方？我們兩個人去。

F：好的。您要日本料理嗎？或者像中式料理、義式料理之類的也都有。這家中餐館就是一家人氣名店。

M：喔，我喜歡吃中式料理，可是今天人少，可能就……。

F：那倒是……亞洲菜的部分，還有一家越南料理店，是出了名的好吃。不過從這裡得走20分鐘左右。

M：1)越南料理也可以啊。走路當運動好像也不錯。嗯，其他的……，還有日本料理店不是嗎？

F：對，這家是高級料理店，常有雜誌之類的在介紹，是一家很道地的日本料理店。

M：喔，那可能有點太奢侈了。義式料理是怎樣的店？

F：這是一家很平常的、賣披薩和義大利麵的店。

M：嗯〜。2)那還是散步順便吃完再回來好了。

F：是的。那河邊的路就是休閒步道。您可以慢慢欣賞。

男人要去哪家餐廳？

重點解說

1)提到越南料理不錯，走路可以當運動，2)決定散步順便吃飯，所以是要吃越南料理。

問題1-26番〔MP3 1-26〕

女の人と男の人が話しています。男の人はどんな順番で勉強しますか。

F：来週中間テストでしょう。科目は何があるの。

M：えーと、英語と数学と、それから国語。

F：ああ、3科目なのね。勉強の計画、立てたの？

M：今、考えてる。どんな順番でしようかなと思って。

F：一番苦手なものからやるのがいいんじゃない。英語だね、最初は。

M：いやあ、1)最初から苦労するのはちょっと。得意な数学からやるよ。

F：ふうん……。まあいいことにしましょう。その次は、英語ね。

M：いや、2)英語は単語いっぱい覚えないといけないし……。国語のほうを先にするのがいいかな。

F：覚える科目を早めにやったほうがいいんじゃないの？

M：やるのはお母さんじゃなくて僕なんだからさあー。3)あのね、数学で頭使った後だから、心に訴える文章を読むとか、するんだよ。

F：なるほど。じゃあ、4)単語覚えるのは最後ね。

M：あー、順番は決まったけど、やるのはこれからだー。

男の人はどんな順番で勉強しますか。

解答：②

中 譯

女人和男人在說話。男人要按什麼順序來複習？

F：下星期期中考對不對？要考幾科？

M：嗯……，英語跟數學，還有國文。

F：喔，3科啊。讀書計劃做了嗎？

M：我正在想，要按怎樣的順序來複習呢。

F：從最不拿手的科目開始吧。一開始先看英語吧。

M：不要啦，1)一開始就那麼吃力也太那個了。我要從拿手的數學開始。

F：這樣嗎……。算了，那就這樣吧。那之後就是英語了吧。

M：不要，2)英語還要背一堆單字……。先看國文會不會比較好啊。

F：要背的科目早點背起來不是比較好嗎？

M：要背的人又不是媽媽，是我欸。3)我說啊，學數學用了大腦，所以之後呢，我要看點打動人心的文章。

F：這樣啊。那麼，4)背單字就放到最後了。

M：唉～，順序是排好了，工作才正要開始啊。

他要按什麼順序來複習？

重點解說

1)決定先複習數學，2)提出想先看國文再看英語，3)決定數學之後看國文，4)再確認要背單字的(英語)放最後。

問題1-27番〔MP3 1-27〕

<ruby>女<rt>おんな</rt></ruby>の<ruby>人<rt>ひと</rt></ruby>が<ruby>大学<rt>だいがく</rt></ruby>で<ruby>話<rt>はな</rt></ruby>しています。<ruby>女<rt>おんな</rt></ruby>の<ruby>人<rt>ひと</rt></ruby>は<ruby>何<rt>なに</rt></ruby>をしようと<ruby>言<rt>い</rt></ruby>っていますか。

F：<ruby>皆<rt>みな</rt></ruby>さん、<ruby>私<rt>わたし</rt></ruby>たちの<ruby>大学<rt>だいがく</rt></ruby>には、<ruby>制服<rt>せいふく</rt></ruby>がありますよね。ブルーのスーツに<ruby>白<rt>しろ</rt></ruby>いシャツ、ネクタイかリボン、それからガウンに<ruby>帽子<rt>ぼうし</rt></ruby>まであります。ええ、<ruby>式<rt>しき</rt></ruby>の<ruby>時<rt>とき</rt></ruby>だけ<ruby>着<rt>き</rt></ruby>る<ruby>決<rt>き</rt></ruby>まりなので、<ruby>普段<rt>ふだん</rt></ruby>は<ruby>着<rt>き</rt></ruby>ませんね。¹⁾その<ruby>制服<rt>せいふく</rt></ruby>なんですが、なくしてしまおうという<ruby>動<rt>うご</rt></ruby>きがあるんです。²⁾センスが<ruby>古<rt>ふる</rt></ruby>いし、<ruby>着<rt>き</rt></ruby>にくい。しかも、<ruby>1年<rt>ねん</rt></ruby>に<ruby>数回<rt>すうかい</rt></ruby>しか<ruby>着<rt>き</rt></ruby>ない。だから<ruby>要<rt>い</rt></ruby>らないんじゃないかと。<ruby>皆<rt>みな</rt></ruby>さん、どう<ruby>思<rt>おも</rt></ruby>いますか。³⁾<ruby>私<rt>わたし</rt></ruby>は、その<ruby>考<rt>かんが</rt></ruby>えに<ruby>反対<rt>はんたい</rt></ruby>しようと<ruby>思<rt>おも</rt></ruby>って<ruby>運動<rt>うんどう</rt></ruby>を<ruby>始<rt>はじ</rt></ruby>めました。この<ruby>制服<rt>せいふく</rt></ruby>は、この<ruby>学校<rt>がっこう</rt></ruby>ができてからずっと<ruby>存在<rt>そんざい</rt></ruby>していたものです。この<ruby>服<rt>ふく</rt></ruby>を<ruby>着<rt>き</rt></ruby>ると、この<ruby>大学<rt>だいがく</rt></ruby>の<ruby>学生<rt>がくせい</rt></ruby>だという<ruby>誇<rt>ほこ</rt></ruby>りと<ruby>緊張感<rt>きんちょうかん</rt></ruby>が<ruby>生<rt>う</rt></ruby>まれます。<ruby>役<rt>やく</rt></ruby>に<ruby>立<rt>た</rt></ruby>たないからやめようというのは、<ruby>学校<rt>がっこう</rt></ruby>の<ruby>歴史<rt>れきし</rt></ruby>や<ruby>精神<rt>せいしん</rt></ruby>を<ruby>無視<rt>むし</rt></ruby>しています。<ruby>皆<rt>みな</rt></ruby>さん、いかがですか。<ruby>賛成<rt>さんせい</rt></ruby>していただけませんか。

<ruby>女<rt>おんな</rt></ruby>の<ruby>人<rt>ひと</rt></ruby>は<ruby>何<rt>なに</rt></ruby>をしようと<ruby>言<rt>い</rt></ruby>っていますか。

解答：③

中 譯

女人在大學裡說話。女人呼籲大家要做什麼？

F：各位，我們大學是有制服的對吧。藍西裝外套配白襯衫，領帶或蝴蝶結，連大衣和帽子都有。對，依規定只有正式典禮時穿，所以平常是不穿的。¹⁾這套制服，現在有人發起運動，想要把它廢除。²⁾說它品味過時，又很不好穿。再說1年也才穿幾次，所以應該不需要。你們覺得呢？³⁾我開始了反對運動，要推翻這種想法。這套制服，是我們建校以來一直存在的。穿上它，會讓人產生一種身為這大學學生的榮譽與緊張感。說它沒有用處所以要取消，等於無視學校的歷史和精神。大家覺得對不對？請大家多多支持好嗎？

女人呼籲大家要做什麼？

重點解說

1)提到有人想廢除制服，2)是對方的理由，3)表示自己反對廢除，之後的3句話是反對的理由。

男の人と女の人が話しています。二人は今日、何を買いますか。

M：今日会社で食べ物の話になったんだけど、日本の食事って、すごく健康にいいようだね。

F：そうよ、私もそれはよく聞くわ。特に、魚を食べる習慣がいいんですって。魚の油に、健康を助けるものが含まれているらしいわね。

M：油の多い魚かー。うちはあまり食べないんじゃない？油っぽいもの、ダメだとか言って。

F：そうね、今あまり食べてないね。でもこれから食べることにしましょうよ。品質のいい油は、認知症も防ぐ効果があるっていうわよ。

M：そうだね。そうしよう。さっそく買い物に行こうよ。ほかに、どんなものがいいの。

F：そうねえ。認知症と言えば、聞いたところでは、インドやラテンアメリカでは認知症の割合がとても低いんですって。ああいう国は、何種類ものスパイスを使っていて、唐辛子なんかを毎日のように使うでしょう。それがいいんですって。

M：ああ、本格カレーのスパイスなんか、すごく種類が多いからなあ。そうか、唐辛子がいいんだ。じゃあ今日はカレー、どう？

F：いいんじゃない？でも日本風のカレーじゃだめだから、1)スパイスをたくさん買わないといけないね。

M：2)じゃあ今日はそれ。3)魚は、買うとすぐ料理しないといけないから、今度だね。

男人和女人在說話。兩人今天要買什麼？

M：今天在公司聊到食物，說起來日本的飲食好像超級健康的。

F：就是啊，我也常聽人家這麼說。說尤其是吃魚的習慣很好。魚油好像含有對健康有益的東西。

M：油脂多的魚啊……。我們家很少吃欸。妳說太油的不行。

F：嗯，現在是很少吃。不過以後就吃吧。人家說品質好的油還能預防失智呢。

M：對啊。就這麼辦。我們快去買東西吧。其他還有什麼比較好的嗎？

F：這個嘛，說到失智，我聽說印度和拉丁美洲失智症的比例很低。這些國家都用好幾種香辛料，像辣椒之類的幾乎天天吃不是嗎？說就是因為這個很好。

M：對啊，像道地的咖哩，用的香辛料種類就超多的。原來是辣椒對身體好啊。那我們今天就來吃咖哩好不好？

F：好啊。可是日式咖哩不行，1)得去多買些香辛料。

M：2)那今天就買這個。3)魚買回來得立刻煮，改天吧。

F：好。那我們去車站前面那間大一點的超市吧。

兩人今天要買什麼？

F：わかった。じゃあ、駅前の大きい方のマーケットへ行きましょう。

二人は今日、何を買いますか。

解答：④

重點解說
1)決定買香辛料。2)的「それ」就是指剛才提到的香辛料。雖然前面提到魚油很健康，要去買魚，但3)打消了這個念頭。

■問題1 解答

1番 ②	2番 ③	3番 ③	4番 ③	5番 ②
6番 ④	7番 ①	8番 ②	9番 ③	10番 ③
11番 ①	12番 ③	13番 ④	14番 ④	15番 ④
16番 ④	17番 ②	18番 ③	19番 ④	20番 ④
21番 ②	22番 ④	23番 ③	24番 ③	25番 ④
26番 ②	27番 ③	28番 ④		

模擬試題-問題2

問題2-《重點理解》

目的：測驗聽一段談話後，是否能理解內容。（測驗是否能根據問題一開始所說的提問，聽取重點。）

問題2

問題2では、まず質問を聞いてください。そのあと、問題用紙を見てください。読む時間があります。それから話を聞いて、問題用紙の1から4の中から最もよいものを一つえらんでください。

問題2-1番 解答欄　①　②　③　④

1　テレビドラマがきらいだから
2　番組がおもしろくないから
3　インターネットを見ているから
4　部屋にテレビがないから

問題2-2番 解答欄　①　②　③　④

1　決まった会社が1つしかないから
2　新しい会社だから
3　大きい会社じゃないから
4　好きな仕事ができないから

問題2-3番 解答欄 ① ② ③ ④

1　人前で話すことに慣れていないこと

2　原稿の締め切りに間に合わないこと

3　話す内容がまとまらないこと

4　クラスで練習をしなければならないこと

問題2-4番 解答欄 ① ② ③ ④

1　仕事が忙しいから

2　チケット代がないから

3　夏休みに資格試験があるから

4　研修があるから

問題2-5番 解答欄 ① ② ③ ④

1　家までの道を聞くため

2　ケーキ屋さんの場所を聞くため

3　どんなケーキがいいか聞くため

4　花を買っていったほうがいいかどうか聞くため

問題2-6番 　　　　解答欄　① ② ③ ④

1 上_{うえ}をめざす気持_{きも}ちがないから

2 高_{たか}いものに魅力_{みりょく}がないから

3 お金_{かね}がないから

4 何_{なん}でも持_もっているから

問題2-7番 　　　　解答欄　① ② ③ ④

1 家_{いえ}

2 電気製品_{でんきせいひん}

3 本_{ほん}

4 旅行_{りょこう}

問題2-8番 　　　　解答欄　① ② ③ ④

1 ルームメートと趣味_{しゅみ}が合_あわないから。

2 食事_{しょくじ}が悪_{わる}く、夜_{よる}うるさいから。

3 一人_{ひとり}で生活_{せいかつ}したいから。

4 生活費_{せいかつひ}が高_{たか}くて大変_{たいへん}だから。

問題2-9番 解答欄 ① ② ③ ④

1 娘が２年ぶりに日本に帰ってくるから
2 娘が外国人の友達をたくさん作ったから
3 外国の友達が娘に会いに日本へ来るから
4 娘がカナダと日本と両方で仕事をするから

問題2-10番 解答欄 ① ② ③ ④

1 忘れた携帯電話を探してもらうため
2 取引先の電話番号を教えてもらうため
3 総務部長が転勤するということ知らせるため
4 総務部長の転勤の場所を知らせるため

問題2-11番 解答欄 ① ② ③ ④

1 受付で、長い時間待たなければならなかったから
2 受付で働いている人の態度が良くなかったから
3 列に並んでいる客が、話ばかりしていたから
4 ホテルが便利で、部屋がきれいで機能的だったから

問題2-12番 　解答欄　① ② ③ ④

1　電気関係の故障があったから

2　事故が起こったから

3　客がけがをしたから

4　客が気分が悪くなったから

問題2-13番 　解答欄　① ② ③ ④

1　高い材料を使うこと

2　インスタントのものを使わないこと

3　地元でとれた野菜を使うこと

4　食器を片づけること

問題2-14番 　解答欄　① ② ③ ④

1　体の調子が悪いから

2　病院で精密検査を受けるから

3　検査でガンが見つかったから

4　総務課に申し込みに行くから

問題2-15番

解答欄　① ② ③ ④

1　ミーティングを明後日にしてほしいと頼まれたから

2　明後日のミーティングは都合が悪いから

3　朝日物産の人が電話に出ないから

4　新製品のことでいろいろ問題があるから

問題2-16番

解答欄　① ② ③ ④

1　明日から新聞を届けてもらうため

2　留守中、新聞を届けないように頼むため

3　留守中の新聞を預かってもらうため

4　留守中の新聞を後で届けてもらうため

問題2-17番

解答欄　① ② ③ ④

1　スマートフォンが部屋にあるかどうか確かめるため

2　自分のスマートフォンに電話してもらうため

3　スマートフォンがベッドの下にあることを知らせるため

4　今日は友達の家に泊まることを知らせるため

1　友達とよくけんかしたから

2　友達がすぐできなかったから

3　自分の自由にならなかったから

4　何でも自由だったから

1　人間の感覚すべてを大切にしているから

2　外国人が日本料理にかなり慣れたから

3　材料が新しくて、栄養があるから

4　日本人の料理人のレベルが高いから

1　今の男性は服のために時間を使うから

2　今の男性は服を買いに行く回数が多いから

3　男性はいろいろな種類の服を買うから

4　男性は同じ種類の服をいくつも買うから

《重點理解》內文與解答
〔問題2〕

《M：男性、F：女性》

問題2

問題2-1番〔MP3 2-01〕

男の学生と女の学生が話しています。男の学生がテレビを見ないのはどうしてですか。

F：ねえ、今日の8時からのテレビドラマ、見てる？

M：ううん、見てないよ。

F：あら。テレビドラマ、きらいなの？

M：そんなことはないけど、テレビ見ないんだよ。

F：へえ。おもしろくない番組が多いから？うちの兄もそう言ってた。

M：いや、1)インターネットを見てるから、別にテレビ見る必要ないんだよ。

F：あー、そういう人いるね。ねえ、テレビないんでしょ、実は。

M：2)いや、寮の部屋だからさ、もともと備えつけてあるんだよ。

男の学生がテレビを見ないのはどうしてですか。

解答：③

中 譯

男學生和女學生在說話。男學生為什麼不看電視？

F：你有在看今天8點的電視劇嗎？

M：沒，我沒在看。

F：喔，你討厭電視劇啊？

M：倒也不是，我是不看電視。

F：哦。因為很多節目都不好看嗎？我哥也這麼說過。

M：不是，1)是因為我都看網路，不需要看電視。

F：喔，確實有些人是這樣的。欸，該不會是因為你沒電視吧。

M：2)不是，我住宿舍，宿舍本來就有裝電視啊。

男學生為什麼不看電視？

重點解說

討厭電視劇和電視節目不好看是女生的猜測，都被否定了。1)是不看電視的原因，2)否認沒有電視的猜測。

問題2-2番〔MP3 2-02〕

女の人と男の人が話しています。男の人が心配しているのはなぜですか。

F：今、就職活動をしているんでしょう。どう？

M：ええ、¹⁾決まった会社が１つあるんですけど、²⁾まだできて10年ぐらいしかたっていないので、これから先どうなるかがわからなくて心配なんです。給料は高いんですけどね。³⁾まあ、大きい会社じゃないことは、気にならないんですけど。

F：⁴⁾その会社の仕事は、あなたの希望に合ってるの。

M：ええ、まあ。その点はいいんです。

F：じゃ、いいじゃない。まだ若い会社だから、かえって可能性があるんじゃない。

M：あ、そうですね。

男の人が心配しているのはなぜですか。

中譯

女人和男人在說話。男人為什麼擔心？

F：你在找工作是吧？找得怎樣了？

M：嗯，¹⁾找到一家公司了，²⁾可是它才成立10年，很擔心以後不知道會變怎樣。薪水倒是滿高的。³⁾雖然不是什麼大公司，不過我無所謂。

F：⁴⁾那公司的工作內容符合你的期望嗎？

M：嗯，還可以。這部分沒問題。

F：那不就得了？公司還年輕反而有種種可能性不是嗎？

M：喔，說得也是。

男人為什麼擔心？

重點解說

1)只錄取一家不是他擔心的事，2)新公司才是。3)小公司他無所謂，對於4)問工作內容是否符合期待，他回說OK。

解答：②

問題2-3番〔MP3 2-03〕

男の教授と女の学生が話しています。女の学生は、何が心配だと言っていますか。

F：先生、今度のプレゼンテーション大会のことなんですけど。

M：ああ、学生によるプレゼンテーションのコンクールだね。出るの？

F：ええ……出たいと思ってるんですけど、1)私、プレゼンの経験なんて全然ないし、大丈夫かなあと思って。

M：そんなことはいいんだよ。それより、準備はどうなの？

F：はい、専攻の先生にも内容を見てもらってるし、原稿やパワーポイントも作ったんです。

M：じゃあ問題ないんじゃない？2)締め切りに間に合わないとか、内容がまとまらないっていう学生は多いけど、十分だよ。

F：3)あのう、人前で話す練習が、ちょっとでもできたらと思うんですが……。

M：それはそうだねえ。じゃあ今度の私の授業で、時間をとるよ。クラスで練習してみたら。

F：ああ、はい、ありがとうございます。

女の学生は、何が心配だと言っていますか。

解答：①

中譯

男教授和女學生在說話。女學生說她擔心什麼？

F：老師，關於這次簡報比賽……。

M：哦，妳是說同學們自己辦的簡報比賽嗎？妳要參加啊？

F：嗯……我是想參加，1)可是我完全沒有簡報的經驗，不知道行不行。

M：這有什麼好擔心的。重點是妳準備得怎麼樣了？

F：嗯，我有請專業的老師看過內容，也擬好講稿，做了PPT。

M：那就沒問題了嘛。2)很多同學都是趕不上截止日期，不然就是內容欠佳，妳這樣已經很好了。

F：3)我是在想，不知道能不能在眾人面前稍稍練習一下講話……。

M：說得也是。那下次我上課時撥點時間。妳要不要在班上練看看？

F：啊，好的，謝謝老師。

女學生說她擔心什麼？

重點解說

她擔心的是1)沒經驗。2)趕不上截止日期和內容欠佳是在說其他人，3)提出想在眾人面前練習的請求，還是因為擔心沒經驗，怕不習慣。

問題2-4番〔MP3 2-04〕

母親と息子が話しています。息子が夏休みに帰れない理由は何ですか。

F：もしもし、あ、太郎？ 夏休みのことだけど、帰ってくるんでしょ。

M：あ、そのつもりだったんだけど、ちょっと無理そうなんだ。

F：え、どうして？ みんな楽しみにしてるのに。1)仕事が忙しいの？

M：いや、そういうわけじゃないんだけど。

F：2)じゃ、帰ってくるお金がないの。それだったら、チケット代ぐらい出すわよ。

M：いや、そうじゃないよ。

F：じゃ、どうしてなの。

M：9月に資格試験を受けるんだけど、その勉強が結構大変で。

F：3)そんなの、こっちですればいいじゃないの。

M：4)いや、そのための研修もあるんだよ。それが夏休みなんで、ちょっと……

F：まあ、そうなの。じゃ、しかたがないわね。

息子が夏休みに帰れない理由は何ですか。

解答：④

中 譯
母親和兒子在說話。兒子暑假不能回去的原因是什麼？

F：喂，太郎嗎？你暑假會回來吧？

M：喔，我本來是這麼打算的，但是可能沒辦法了。

F：咦？為什麼？大家都盼著你回來呢。1)工作忙不過來啊？

M：不，不是這樣的。

F：2)不然是沒錢回來嗎？如果是這樣，交通費我可以幫你出啊。

M：不，不是啦。

F：不然是怎樣啦？

M：我9月要考證照，要學的東西太多了。

F：3)這樣啊，那回來讀不就得了？

M：4)不是，還有考證照的講習呢。這講習就在暑假，所以……。

F：喔，原來是這樣。那就沒辦法了。

兒子暑假不能回去的原因是什麼？

重點解說
1)和2)是母親的猜測，他都否定了。他說要準備考照，3)可知證照考試在暑假之後，不影響返鄉。4)講習才是不能回去的原因。

問題2-5番〔MP3 2-05〕

女の人が、友達の女の人に電話をしています。女の人は、なんのために電話をしましたか。

F1：もしもし、わたし。今、駅前にいるんだけど。今からそっちへ行くね。

F2：はーい。うちの家までの道、わかる？駅前の道をまっすぐ行って、右に曲がるんだよ。

F1：1)うん、だいじょうぶ、わかってる。2)それで、あのさあ、ケーキ食べない？目の前にケーキ屋さんがあるのよね。どんなのがいいかなあ。

F2：あー、ありがとう。でもねえ、実はケーキ、作ったのよ、わたしが。

F1：え、そうなの。すごい。じゃあケーキは買っていかなくていいね。3)そしたらお花を買っていくわ。

F2：ありがとう！じゃあ、雨が降ってるし風も強いから、気をつけて来てね。

F1：うん。あいにくの天気よね。じゃあ、今行くね。

女の人は、なんのために電話をしましたか。

解答：③

中譯

女人和女性友人在講電話。女人打電話的目的是什麼？

F1：喂，是我。我現在人在車站前面，現在要去妳家了。

F2：知道了。妳知道我家怎麼走嗎？車站前面的路直走，然後右轉喔。

F1：1)嗯，放心吧，我知道怎麼走。2)對了，我問妳，想不想吃蛋糕啊？我面前有一家蛋糕店哦。買什麼蛋糕好呢？

F2：喔，謝謝啊。不過呢，其實我自己烤了個蛋糕呢。

F1：真的啊？太厲害了。那蛋糕我就不用買了。3)這樣的話，我買花過去好了。

F2：謝謝啊！在下雨，風又很大，路上要小心喔。

F1：嗯。天公不作美啊。那我現在就過去了。

女人打電話的目的是什麼？

重點解說

1)「わかってる」指本來就知道怎麼去。2)問蛋糕的事才是打電話的目的。3)「買っていくわ」說要買花帶過去，不是在問對方意見，也不是打電話的目的。

問題2-6番〔MP3 2-06〕

ラジオの番組で、女のアナウンサーと男の大学教授が話しています。大学教授は、若者が高いものをほしがらないのはどうしてだと言っていますか。

F：今日は若者の行動についてうかがいます。えーと、最近の若い人たちは、車やブランド品といった高価なものをほしがらない、と言われていますね。

M：そうですね。私の研究室での調査によると、車やブランド品をほしいと思う若者は、全体の30％という結果が出ています。

F：どうしてほしくないんでしょうか。

M：そうですねえ。いろいろな原因が考えられます。今の状態から、さらに上をめざそうという気持ちが少ないとか、何か高いものを持っていることに対して、あんまり魅力を感じないとか…。

F：なるほど。お金がない、ということではないんですね。

M：ええ、そうですね。お金があってもなくても同じみたいですね。

F：へえ。

M：1)しかし私が一番の理由だと思うのは、満たされているからということです。2)彼らは、何でも持っているんですよ。だからもうほしいと思わないんですね。

F：3)ああ、もうほしいと思うものがないんですね。何でもあるから。ちょっとうらやましいですね。

M：ははは、そうですね。

大学教授は、若者が高いものをほしがらないのはどうしてだと言っていますか。

解答：④

中譯
廣播節目中，女主持人和男大學教授在說話。大學教授說年輕人不想要昂貴的物品是因為什麼？
F：今天想請您談談年輕人的行為。嗯，有人說最近的年輕人都不想要汽車、名牌精品等昂貴的東西。
M：是的。我研究室的調查結果顯示：想買汽車和名牌精品的年輕人佔整體的30%。
F：他們為什麼不想要呢？
M：這個嘛。可能的原因有很多。像是不特別想進一步力爭上游啦，對於擁有昂貴物品沒什麼興趣啦……。
F：原來如此。不是因為沒有錢啊。
M：是的。有錢跟沒錢似乎都一樣。
F：哦。
M：1)不過我覺得最大的原因，是因為已經得到滿足了。2)他們什麼都有了。所以就不想要了。
F：3)喔，原來是沒有想要的東西了啊。因為什麼都有了。覺得有點羨慕呢。
M：哈哈哈，就是啊。
大學教授說年輕人不想要昂貴的物品是因為什麼？

重點解說
雖然前面提到不想力爭上游、對昂貴的東西沒興趣，但1)說出最大的原因，2)補充說明，3)主持人又重複一遍。「滿たす」在此是滿足的意思。

問題2-7番〔MP3 2-07〕

これはテレビのコマーシャルです。何のコマーシャルですか。

M：これからだんだん、夜が長くなります。夜の友達として、この『ミステリーハウス』は最適です。できれば一人で、静かな部屋で、電気をあまり明るくしないで、お楽しみください。きっと、ぞっとするような感覚を味わうことができるでしょう。あなたの部屋の隣にあるトイレに行くこともできなくなるかもしれません。こわいですよ〜！！犯人探しは、まるでゲームのよう。きっとあなたを、こわくておもしろいミステリーの旅に連れて行きます。1)活字が嫌いというあなたでも、だいじょうぶですよ！

何のコマーシャルですか。

解答：③

中 譯

這是一段電視廣告。這是什麼的廣告？

M：從現在開始，夜晚會越來越長。這個《謎之屋》（Mystery House）就是你夜晚最好的朋友。最好一個人在安靜的房間裡好好品味，燈光別開太亮。你一定能體會到毛骨悚然的感覺。說不定會連去房間隔壁的廁所都不敢。好恐怖啊〜！！找犯人，就好像玩遊戲一樣。它會帶你經歷一場恐怖又好玩的神祕之旅。1)就算不喜歡看書的人也絕對沒問題！

這是什麼的廣告？

重點解說

1)「活字」原指印刷的鉛字，也指印刷出來的文字和書籍。

問題2-8番〔MP3 2-08〕

男の学生と女の学生が話しています。男の学生が寮を出るのはどうしてですか。

F：ねえ、寮を出るって聞いたんだけど、ほんと？

M：うん、そうなんだ。今月いっぱいで。

F：どうして？ ルームメートがいるのがいやなの？

M：違う、違う。彼はいい人だよ。僕と趣味が正反対なんだけど、だからこそおもしろいよ。

F：じゃあ何が原因？ 食べ物が合わないとか？ 夜うるさいとか？

M：いろいろ言うねえ。君も寮だろ？ 君も出たいと思ってるの？

F：そうねえ……。1)私はできたら、一人で独立して暮らしたいのよ。

M：2)ああ、それだよ、僕が考えてるのも。ただ、生活費は高くなるから、ちょっと大変だけどね。

F：私が考えてるのも、それよ。

男の学生が寮を出るのはどうしてですか。

解答：③

中 譯

男學生和女學生在說話。他為什麼要搬出宿舍？

F：欸，我聽說你要搬出宿舍，真的嗎？

M：嗯，沒錯。這個月底前。

F：為什麼？你不喜歡有室友？

M：沒這回事。我室友人很好。雖然跟我興趣相完相反，不過這樣才有意思。

F：那是為什麼？食物不合胃口嗎？還是晚上太吵？

M：都妳在說。妳不也住宿舍？妳也想搬出去嗎？

F：這個嘛……。1)如果可以的話，我是想一個人獨自生活的。

M：2)對，就是這個。我考慮的也是這一點。只是生活開銷會變大，有點吃力。

F：我考慮的也是這個。

男學生為什麼要搬出宿舍？

重點解說

1)是女生想搬出宿舍的原因，2)男生說自己也是因為這個。室友和飲食、吵雜都是女生亂猜的。「それ」指剛剛提到的事。女生不搬的原因是開銷會變大。

問題2-9番〔MP3 2-09〕

女の人と男の人が話しています。男の人はどうしてうれしいと言っていますか。

F：海外で仕事していたお嬢さん、日本に戻ってくるそうですね。

M：ええ、そうなんですよ。2年、カナダにいたんです。

F：よかったですね。うれしいでしょう。

M：1)それもよかったんですけど、2)私がうれしいのは、娘が外国人の友達をたくさん作っていてですね。

F：あー、なるほど。

M：みんな、日本に帰らないでほしいって言っているそうですよ。娘が帰るなら、日本に来たいって。

F：ああ、そうですか。それはいい話ですね。

M：娘は、カナダでも日本でも、仕事する場所はどっちでもいいって言ってるんですよ。

F：若い人は、そうじゃないといけませんねえ。

男の人はどうしてうれしいと言っていますか。

解答：②

中 譯

女人和男人在說話。男人說他為什麼很高興？

F：聽說您在國外工作的女兒要回日本了？

M：嗯，是啊。她在加拿大待2年了。

F：太好了。您一定很高興。

M：1)她回來當然很好，2)我很高興的是，她交了很多外國朋友。

F：哦，原來如此。

M：聽說大家都叫她別回日本呢。還說她要回日本的話，他們也想來日本。

F：喔，這樣啊。這真是一段佳話。

M：我女兒說在加拿大工作或在日本工作都可以。

F：年輕人就應該這樣。

男人說他為什麼很高興？

重點解說

1)是同意對方說他女兒回來「よかった」，但2)結交許多外國朋友才是他高興的原因。之後談的內容雖然也是好事，但他並沒有說他因此感到高興。

66

問題2-10番〔MP3 2-10〕

男の人と女の人が話しています。女の人は何のために電話しましたか。

M：はい、東京システムです。

F：あ、松本です。おはようございます。

M：ああ、松本さん、山川です。

F：山川さん、実は私、取引先に行く途中なんですけど、携帯電話を忘れてきてしまって。

M：ああ、そうですか。じゃあ、見てみましょうか。机の上にありますか？

F：ええ、あるんですけど、1)携帯はもうしょうがないのでいいんです。2)でも、ホンダ建設の総務部の電話番号がわからなくて。今から行く時間を連絡するんです。教えてもらえますか。

M：はい、ちょっと待ってください。

F：はい。3)……ところで山川さん、ホンダ建設の今中総務部長、転勤になるって聞きました？

M：ああ、そうらしいですね。どこなんですか？

F：それが、ロサンゼルスなんですって。

M：ほう！海外ですか。……あ、ありました。言います。いいですか……。

女の人は何のために電話しましたか。

解答：②

中 譯

　　男人和女人在說話。她打電話的目的是什麼？

M：東京系統您好。

F：呃，我是松本。您早。

M：喔，松本小姐，我是山川。

F：山川先生你好。是這樣的，我現在在去廠商那邊的路上，不小心忘了帶手機。

M：喔，這樣。那我幫妳看看。是在桌上嗎？

F：嗯，是在桌上沒錯，1)不過手機已經沒轍了，就算了。2)可是我不知道本多建設總務部的電話。我現在要跟他們說我什麼時候要去。可以跟我說嗎？

M：好，請等一下。

F：好。3)……對了，山川先生，你聽說本多建設總務部長今中先生要調職的事了嗎？

M：喔，好像有這麼回事。要調去哪裡？

F：說是要去洛杉磯欸。

M：候！去外國啊。……啊，找到了。我要說了，OK嗎？

女人打電話的目的是什麼？

重點解說

1)說了不用找手機，2)問廠商電話才是打電話的目的，3)是等候時的閒聊，「ところで」表示轉換話題。

女の人と男の人が話しています。男の人はどうしてホテルに電話をしましたか。

F：はい、マネージャーの中田と申します。

M：あ、マネージャーの方？きのうそちらのホテルに泊まったんですけどね。ちょっと……。

F：はい、ご利用ありがとうございます。えー、何か問題がありましたでしょうか。

M：あのね、受付で長く待たされたんですよ。

F：はい、申し訳ありません。ちょうどお客様が大勢いらっしゃる時間帯でしたので……。

M：1)いや、それはいいんですよ。問題は、仕事をしている人の態度。

F：あ、はい。どのようなことがありましたか。

M：2)こっちが列を作って待っているのに、おしゃべりばかりしているんですよ。

F：3)あ、お客様のどなたかとでしょうか？

M：4)いや、職員同士だよ。5)仕事しながら、話ばかりしてて、あれはちょっと良くないよ。

F：そうでしたか。申し訳ありませんでした。さっそく受付担当の者に直接申します。今後はそのようなことのないように気をつけますので……。

M：6)そちらのホテルは、便利だし部屋もきれいで機能的だから気に入ってるんですよ。だから、よろしくお願いしますよ。

F：はい、かしこまりました。ありがとうございます。

男の人はどうしてホテルに電話をしましたか。

解答：②

中 譯

女人和男人在說話。男人為什麼打電話到飯店？

F：您好，我是經理，敝姓中田。

M：喔，是經理嗎？我是昨天住過你們飯店的旅客。我想說……。

F：謝謝您的惠顧。呃，請問是不是有什麼問題？

M：我跟妳說，我在櫃台等了很久欸。

F：是的，非常抱歉。那段時間剛好客人比較多……。

M：1)不，那個無所謂。問題在於工作人員的態度。

F：啊，是的。請問是怎樣的情況？

M：2)我們大排長龍等著，他們卻只顧著聊天欸。

F：3)呃，是跟某位客人講話嗎？

M：4)不是，都是職員。5)工作時講話講個不停，這樣實在是不太好欸。

F：原來是這樣。非常抱歉。我會立刻直接跟櫃台人員說。以後會注意不再發生這樣的事……。

M：6)你們飯店很方便，房間也很乾淨，功能性很好，我一直都很喜歡。所以要拜託妳了。

F：好的，我們知道了。謝謝您的指教。

男人為什麼打電話到飯店？

重點解說

開頭提到久候，但1)說問題不在久候。2)描述態度欠佳的情形。4)否定了3)的提問，說明聊天的不是顧客，5)稱讚是暗示還想光顧，所以希望飯店改進。

問題2-12番〔MP3 2-12〕

電車の中で男の人がアナウンスをしています。男の人は、どうして電車が止まったと言っていますか。

M：お客様にお知らせいたします。当電車は、この駅でしばらく停車いたします。お急ぎのところまことに申し訳ございません。えー、1)たった今入った情報によりますと、一つ先の駅で、電気系統の故障があったとのことです。2)特に何か事故が起こったわけではありません。3)けがをしたお客様もいらっしゃいません。大変恐れ入りますが、もうしばらくお待ちくださるようお願いいたします。えー、4)万一ご気分が悪くなられた場合は、お近くの緊急連絡ボタンを押して、車掌にお知らせくださるようお願い申し上げます。えー、重ねてお詫び申し上げます。

男の人は、どうして電車が止まったと言っていますか。

解答：①

中 譯

電車裡有個男人在廣播。男人說電車為什麼停車？

M：各位旅客您好。本電車將在本站暫停片刻。非常抱歉耽誤您的行程。呃，1)根據剛剛傳來的消息，說下一個車站的電力系統發生故障。2)並非發生了什麼事故。3)也沒有旅客受傷。很抱歉，請大家再稍候片刻。呃，4)萬一出現身體不適的情況，麻煩您按附近的緊急按鈕通知列車長。呃，在此再次向大家致歉。

男人說電車為什麼停車？

重點解說

1)說明停車的原因，2)和3)說明沒有事故或傷者，4)是在說明如果有乘客身體不適的話，該如何因應。

男の人が料理について話しています。男の人は、ほかの人と何が一番違うと言っていますか。

M：私の趣味は、料理です。ええ、男でも料理が好きな人、よくいるんですよね。私も大好きで、ほとんど毎日作っています。いつもいろんな工夫をしているんですよ。例えばスープは、鶏の骨をよく煮て、作ります。インスタントのものは使いません。カレーも、本格的なスパイスをたくさん使うんです。それから……、野菜は主に地元でとれたものを食べます。えーと、1)ここまでなら男の料理ってことで、珍しくないですよね。2)私がほかの人と違うのは、食べた後、片付けるってことです。使った鍋は料理しながら洗うし、お皿も食べたらすぐ洗って、食器棚に戻します。台所はいつもきれいですよ！ 3)え？ 予算？ ああ、それはたくさん使いますね。高い材料を使いますから……。

男の人は、ほかの人と何が一番違うと言っていますか。

解答：④

中 譯

男人在談做菜。他說他和其他人最大的不同是什麼？

M：我的興趣是做菜。對，喜歡做菜的男人也不少。我也超喜歡的，幾乎每天下廚。我每次做菜可都是煞費周章。比方煮湯，我就會用雞骨熬湯。我是不用即食食品的。咖哩我也會用很多道地的香辛料去做。還有啊……，蔬菜大多吃在地生產的。嗯，1)到這裡為止，說的都是男人做菜會有的情況，並不稀奇。2)我和其他人不一樣的地方，是吃完會收拾善後。鍋子用完我就一邊做菜一邊刷洗，盤子也是一吃完就立刻洗好收進碗盤櫃。廚房永遠都是乾乾淨淨的！3)什麼？預算？喔，那當然是用得多了。因為都用高檔食材嘛……。

他說他和其他人最大的不同是什麼？

重點解說

1)可知以上提到的不用即食食品、使用在地蔬菜等等，都不是他的特別之處，2)直接說出解答。3)談到花大錢用高檔食材，但也不是他跟別人不一樣的地方。

問題2-14番〔MP3 2-14〕

会社で女の人と男の人が話しています。男の人が会社を休むのはどうしてですか。

F：明日、休むんですって？何か病院へ行くって聞いたけど、体の調子でも悪いの？

M：¹⁾いや、調子が悪いわけじゃないんだけど、²⁾そろそろ体の精密検査を受けておこうと思って。詳しい検査だから、朝から夕方までかかるんだよ。

F：そうか～。精密検査ね、受けた方がいいわよね。私も受けなくちゃ。

M：³⁾実はね、友達がこの検査でガンが見つかってね。彼は発見が早かったからちゃんと治ったんだけど、その話を聞いて、ぼくにも必要だなって思ったんだ。

F：そういうこともあるのね。よし、私も申し込もう。

M：⁴⁾総務課に行けば、どこの病院でやっているか教えてくれるよ。ただ、平日だけだから、仕事を休んで行かなきゃならないし、費用もけっこうかかるけどね。

F：それは仕方がないわね。

M：うん。

男の人が会社を休むのはどうしてですか。

解答：②

中 譯

女人和男人在公司裡說話。男人為什麼要請假？

F：聽說你明天要請假？好像還說你要去醫院，是身體不舒服嗎？

M：¹⁾沒，不是身體不舒服，²⁾是覺得差不多該去做個精緻健檢了。檢查得比較詳細，所以要從早待到晚。

F：這樣啊。精緻健檢，的確做一做比較好。我也該去做了。

M：³⁾老實說，是因為我朋友做這樣的健檢發現得了癌症。他發現得早，所以治好了，我聽到這件事，就覺得自己也該去做。

F：這種事也是有的。決定了，我也來報名。

M：⁴⁾妳去總務課，他們就會跟妳說在哪家醫院做。不過因為只有上班日才有，所以得請假去，而且費用也不便宜。

F：那也是沒辦法的事。

M：嗯。

男人為什麼要請假？

重點解說

1)否認身體不適。2)回答(請假)是要去做體檢。3)是去做健檢的原因，罹癌的是他的朋友。4)是說給她聽的，他顯然已經去總務課報名過了。

問題2-15番〔MP3 2-15〕

女の人と男の人が会社で話しています。女の人はどうして困ったと言っていますか。

F：1)あ～あ、困ったな～！どうしても連絡が取れない。

M：え、だれと？

F：朝日物産の田中さんなんだけど、2)明日のミーティングを明後日にして欲しいって言ってきたんだって。3)でも、明後日はこちらがだめなのよ。4)それで連絡したいんだけど、電話に出ないのよ。

M：そのミーティングって、例の新製品の件だよね。

F：そう。いろいろ問題があるのよね。

M：明後日はだめっていうのは、どうして？

F：5)明後日は私、出張なのよ。しあさっての朝帰ってくるから。

M：そうか。ま、少し時間をおいて連絡してみるしかないね。

F：そうね。一応、メールもしておこう。

女の人はどうして困ったと言っていますか。

解答：③

女人和男人在公司裡說話。女人為什麼說她很困擾？

F：1)唉呦，傷腦筋啊！怎麼也聯絡不上。

M：咦，聯絡誰啊？

F：聯絡朝日物產的田中小姐。2)人家說她打電話來說：想把明天的會議改到後天。3)可是後天我不行啊。4)所以我想跟她聯絡，結果她都不接電話。

M：那個會議，是要討論那個新產品是吧。

F：是啊。問題一大堆呢。

M：後天為什麼不行？

F：5)後天我要出差啊。大後天早上才回來。

M：這樣啊。只好等一下再聯絡看看了。

F：是啊。我也傳email跟他說一下。

女人為什麼說她很困擾？

重點解說

1)和4)說困擾的原因，2)可知田中曾來電，但她未接到電話，也未接受會議改期的請託，3)和5)可知會議不會改為後天。她沒說新產品的問題讓她很困擾。

問題2-16番〔MP3 2-16〕

男の人と女の人が話しています。女の人は何のために電話しましたか。

M：はい、毎朝新聞山手営業所です。

F：¹⁾あ、あの実は明日から一週間ほど留守をしますので、その間、新聞を届けないでいただきたいんですが。

M：はい、わかりました。では、ご住所とお名前をお願いします。

F：はい。大町3－6－5の田中です。

M：あ、田中さんですね。いつもありがとうございます。じゃ、明日から一週間といいますと、16日まで休んで、17日の朝からまたお届けすればいいですか。

F：あ、16日に帰ってきますので、16日の朝刊から届けてください。

M：はい、わかりました。じゃ、16日の朝刊からお届けします。²⁾あ、お留守中の新聞はお預かりしておいて、後でお持ちしましょうか。

F：そうですか。じゃ、よろしくお願いします。

M：はい、わかりました。

女の人は何のために電話しましたか。

解答：②

中 譯

男人和女人在說話。女人打電話的目的是什麼？

M：每朝時報山手營業所，您好。

F：¹⁾請問，我明天起一個星期左右都不在家，這段時間，可以請你們不要送報紙嗎？

M：好的。那麻煩您的地址和大名。

F：好。我住大町3-6-5，我姓田中。

M：喔，田中小姐嗎。謝謝您的訂閱。嗯，您說明天起一個星期，那就是停到16日，17日早上再開始送報是嗎？

F：啊，我16日就回來了，所以請16日開始送日報。

M：好的。那我們就從16日開始送日報。²⁾對了，您不在的期間，報紙我們就先幫您留著，之後再送去給您好不好？

F：這樣啊。那就拜託你了。

M：好的。

女人打電話的目的是什麼？

重點解說

她打電話的目的是1)不在家的期間不要送報。2)保留報紙日後送去，是營業所人員的提議。「～ましょうか」表示主動提議協助。

男の人が母親に電話しています。男の人は何のために電話しましたか。

M：もしもしお母さん、僕だけど。

F：あら、どうしたの。今、学校でしょう。

M：うん。1)ねえ、僕の部屋に入って、机の上にスマホあると思うんだけど見てくれない？

F：ああ、忘れたのね。ちょっと待って……。はい、部屋だけど。机の上にはスマホはないわねえ。ベッドの中じゃないの。夜中にメールとか、してるでしょう。

M：ベッドも見てみてよ。

F：見てるわよ。うーん、なさそうねえ。

M：じゃあさあ、お母さん、ケータイ持ってるでしょう。2)今、僕の電話番号に電話してみてよ。呼び出し音が鳴るから、どこにあるかわかると思うから。

F：はいはい。ちょっと待って。……ああ、わかった。ベッドの下にあった。

M：あー、よかった。ねえ、ところで、今友達のスマホ借りて電話してるんだけどさ。

F：うん。

M：3)今日は学校の後、そいつのアパート行くから、遅くなるよ。

F：あらー、この前も誰かのうちに泊まったじゃない。今日はちゃんと帰って来なさいよ。

M：わかったよ。今日は泊まらないから。じゃあ。

男の人は何のために電話しましたか。

解答：①

中譯

男人打電話給母親。男人打電話的目的是什麼？

M：喂媽媽，是我。

F：咦？怎麼了？你不是在學校嗎？

M：嗯。1)媽媽，妳可以去我房間幫我看看有沒有手機嗎？我記得是在書桌上。

F：喔，你忘了帶啊。等等喔……。好，我到你房間了。桌上沒有手機哦。會不會在床鋪裡？你半夜不是會傳簡訊什麼的嗎？

M：床鋪也幫我找一下啦。

F：正在找啊。嗯，好像沒有欸。

M：那這樣吧，媽媽，妳手機在身上吧。2)現在打我的手機看看。鈴聲一響，就知道在哪裡了。

F：好好好。等一下。……啊，找到了。原來是在床底下。

M：呼，幸好。對了，我現在是借同學的手機打電話的。

F：嗯。

M：3)今天下課後，我要去這個同學租的小套房，所以會晚一點回來。

F：哼，你上次還在那個誰家過夜呢。今天可要乖乖回來哦。

M：好啦。今天不外宿就是了。掰掰。

男人打電話的目的是什麼？

重點解說

1)找手機是打電話的目的。2)是找手機的方法。3)去朋友家是打電話要說的另一件事，但沒有說要外宿。

問題2-18番〔MP3 2-18〕

男の人と女の人が、小学校の経験について話しています。女の人が学校に行きたくなかったのは、なぜですか。

F：私、小学校の時、学校がきらいで、行きたくなかったの。

M：ふうん、どうして。1)クラスの友達といつもけんかしてたとか？

F：ううん、そうじゃないの。でも、子供にとっては大変な問題よね、友達作りって。

M：そうそう。2)僕は友達がすぐ作れるタイプじゃなかったから、辛いと感じる時もあったよ。……で、君の理由は？

F：うん、規則がね…。例えば、授業中は自由に発言できない、とか。

M：ふうん。規則が厳しいのがいやだったの？

F：いいえ、厳しいからじゃないのよ。3)自分の思う通りできないのが苦痛だったの。私には、興味があることとないことがあったのよ。興味があることなら、授業中でもいろんなことを言いたいの。でも、おしゃべりはダメって叱られた。

M：なるほど。難しいところだねえ。何でも自由ってわけにもいかないし。

F：そうね。かといって、全員同じことをするっていうのもどうなのかしらね。子供は一人一人違うでしょう。

M：そうだねえ。自由と規律、どちらも必要だから、バランスの問題じゃないかな。

F：それと、子供に対する愛情よね。

女の人が学校に行きたくなかったのは、なぜですか。

解答：③

中 譯

男人和女人在談小學的經歷。女人當時為什麼不想上學？

F：我讀小學時，很討厭學校，都不想上學。

M：哦？為什麼？1)常跟班上同學吵架嗎？

F：不是。不過交友對小孩子來說，的確是很大的問題。

M：就是啊。2)我小時候比較慢熟，所以有時也會感到失落難受。……話說妳是因為什麼呢？

F：嗯，是因為規定。像上課時不能自由發言之類的規定。

M：哦？妳不喜歡規定太嚴格？

F：不，不是因為太嚴格的關係。3)我受不了的是不能照自己的意思做事。我小時候有些事很感興趣，有些則沒興趣。我感興趣的事，上課時也想一直講一直講。可是就被老師罵說不可以聊天。

M：原來如此。這很難處理欸。也不能什麼都放任自由嘛。

F：是啊，但是話又說回來，所有的人都做同樣的事也有點那個吧。每個小孩子都是不一樣的啊。

M：說得也是。自由和規範，兩者都是必要的，所以應該是取得平衡的問題吧。

F：還有對小孩子的關愛。

女人當時為什麼不想上學？

重點解說

1)跟同學吵架是男人的猜測，之後就被否定了。2)個性慢熟是男人的經歷，3)不能隨心所欲才是女人當年不想上學的原因。

男の人が話しています。男の人は、どうして日本料理の人気が上がったと言っていますか。

M：海外での日本料理の人気は、最近また上がっています。¹⁾今までは、素材の新鮮さや栄養の高さに注目が集まっていました。でも今では外国人も日本料理に慣れて、そういったことはもう普通です。だから²⁾これからは、和食のまた別の面がクローズアップされそうです。³⁾それは、味だけではなく、匂いや見た目を含め、人間の感覚全体を重視した料理である、ということ。えー、もう少しわかりやすく言いましょう。人は、食べ物を味わう時、口だけでなく鼻や目も使います。つまり、味と香りと見た目の美しさ、この3点がそろっていて初めて、おいしいと感じるのです。日本料理は、その点で、世界のどの料理にも負けない、総合的な料理なのです。⁴⁾その結果、日本人の料理人が世界で一番と言われているのですね。

男の人は、どうして日本料理の人気が上がったと言っていますか。

解答：①

中　譯
男人在說話。男人說為什麼日本料理的人氣上升？
M：日本料理在國外的人氣，最近又再度升高。¹⁾以前大家注意的是材料新鮮以及營養價值高。不過如今外國人也都習慣了日本料理，這些現在也不稀奇了。因此²⁾接下來關注的焦點似乎會轉向和食的其他面向，³⁾注意到它是一種重視人類整體感官的料理，不只口味，還包括了香氣和外觀。欸，說得直白一點吧，我們人在品嚐食物時，除了嘴巴之外，也會用到鼻子和眼睛。也就是說，色香味三者俱全，才會覺得好吃。日本料理在這方面，是一種不遜於世界上任何料理的綜合型料理。⁴⁾所以日本的廚師被譽為世界第一。
男人說為什麼日本料理的人氣上升？

重點解說
1)說明外國人吃慣了日本料理，新鮮營養已不算亮點。2)提到有新亮點，3)說明新亮點是重視人的整體感官，就是人氣上升的原因。4)是人氣上升的結果。

問題2-20番〔MP3 2-20〕

女の人が洋服の販売について話しています。女の人は、どうして男性をターゲットにすると言っていますか。

F：では、今後の会社の方針について、お話します。ご存じの通り、わが社の洋服は、ユニセックスつまり男性でも女性でも着られるものです。ただ実際は、女性のお客様を中心に販売してきました。しかし今、その方針を変えることにしました。男性に向けて売ることにします。1)理由は、当社の服は男性が服を買うときの行動に合っているからです。えー、調査によると、2)男性は服を買うためにつかう時間が少なく、何度も買い物に行ったりしません。一ついい服が見つかると、違った色でたくさん買う傾向があります。当社には、品質の良い服が、多くの色とサイズで揃っています。いろいろな種類の服を買おうとする女性ではなく、3)一種類の服をたくさん買う男性に、これから焦点を当てていこうと考えています。

女の人は、どうして男性をターゲットにすると言っていますか。

中 譯

女人在談服裝的銷售。女人說為什麼要以男性為目標客群？

F：我來說明一下公司未來的方針。大家都知道，我們公司服裝走的是中性風格，也就是男女都可以穿的。只是過去實際上行銷一直以女性顧客為主。不過現在我們決定要改變這個方針，改為針對男性來銷售。1)原因在於本公司的服裝符合男性購買服裝時的行為模式。嗯，根據調查，2)男性用在購買服裝的時間較少，不會頻頻外出購物。挑中一款好衣服，往往就會買好幾件不同顏色的。本公司的高品質服裝顏色多樣，尺寸齊全。3)未來我們會把目標鎖定在一款服裝買好幾件的男性顧客，而不是喜歡買很多不同款服裝的女性顧客。

女人說為什麼要以男性為目標客群？

重點解說

1)提到原因在於產品符合男性購衣模式，2)描述男性購衣模式：一款衣服買好幾件。3)簡單總結男性購衣模式。

解答：④

■問題2

1番 ③	2番 ②	3番 ①	4番 ④	5番 ③
6番 ④	7番 ③	8番 ③	9番 ②	10番 ②
11番 ②	12番 ①	13番 ④	14番 ②	15番 ③
16番 ②	17番 ①	18番 ③	19番 ①	20番 ④

模擬試題-問題3

問題3-《概要理解》

目的：測驗聽一段談話後，是否能理解內容。（測驗是否能從整體內容，理解說話者的用意或主張等等。）

問題3

問題3では、問題用紙に何もいんさつされていません。まず話を聞いてください。それから、質問とせんたくしを聞いて、1から4の中から、最もよいものを一つえらんでください。

問題3-1番

解答欄 ① ② ③ ④

－メモ－

問題3-2番

解答欄 ① ② ③ ④

－メモ－

問題3-3番

解答欄　① ② ③ ④

－メモ－

問題3-4番

解答欄　① ② ③ ④

－メモ－

問題3-5番

解答欄　① ② ③ ④

－メモ－

問題3-6番 解答欄 ① ② ③ ④

－メモ－

問題3-7番 解答欄 ① ② ③ ④

－メモ－

問題3-8番 解答欄 ① ② ③ ④

－メモ－

問題3-9番 3-09

| 解答欄 | ① | ② | ③ | ④ |

－メモ－

問題3-10番 3-10

| 解答欄 | ① | ② | ③ | ④ |

－メモ－

問題3-11番 3-11

| 解答欄 | ① | ② | ③ | ④ |

－メモ－

問題3-12番

解答欄 ① ② ③ ④

－メモ－

問題3-13番

解答欄 ① ② ③ ④

－メモ－

問題3-14番

解答欄 ① ② ③ ④

－メモ－

問題3-15番

解答欄 ① ② ③ ④

－メモ－

問題3-16番

解答欄 ① ② ③ ④

－メモ－

問題3-17番

解答欄 ① ② ③ ④

－メモ－

問題3-18番 　　解答欄　① ② ③ ④

ーメモー

問題3-19番 　　解答欄　① ② ③ ④

ーメモー

問題3-20番 　　解答欄　① ② ③ ④

ーメモー

問題3-21番

解答欄　① ② ③ ④

－メモ－

問題3-22番

解答欄　① ② ③ ④

－メモ－

問題3-23番

解答欄　① ② ③ ④

－メモ－

問題3-24番　解答欄 ① ② ③ ④

－メモ－

 問題3-25番　解答欄 ① ② ③ ④

－メモ－

 問題3-26番　解答欄 ① ② ③ ④

－メモ－

問題3-27番

解答欄 ① ② ③ ④

－メモ－

問題3-28番

解答欄 ① ② ③ ④

－メモ－

《概要理解》內文與解答
〔問題3〕

《M：男性、F：女性》

問題3

問題3-1番〔MP3 3-01〕

おとこ
男の人がテレビで話しています。

M：これは北海道の大学での研究の結果なんですが、ア
リ、昆虫のアリですが、女王アリと働きアリがいる
ことはご存じですね。1)この働きアリというのは、
みんな働いていると思われていましたが、実はこれ
が違うことが分かったんです。2)働きアリの中でも真
先に働き出すアリが多くの仕事を片付け、他のアリ
はのんびりしているのです。よく働くアリと働かな
いアリをそれぞれのグループに分けてみても、やは
り同じ割合で働くアリと働かないアリに分かれまし
た。これはアリの年齢などには関係ないそうです。
なぜそうなるのかはこれからの研究課題だというこ
とです。

おとこ ひと なに はな
男の人は、何について話していますか。

1 働くアリと働かないアリがいること
2 働きアリの仕事
3 女王アリと働きアリの違い
4 働きアリの年齢

解答：①

中 譯

電視裡有個男人在說話。

M：北海道的大學有一項研究結
果。大家都知道，螞蟻，就
是昆蟲中的螞蟻，牠們當中
有蟻后和工蟻。1)以前我們以
為工蟻全都在工作，研究發
現其實不然。2)工蟻當中打頭
陣開始工作的，會處理大部
分的工作，其他螞蟻則是無
所事事。把辛勤工作的螞蟻
和不工作的螞蟻分成兩組之
後，螞蟻還是會以相同的比
例，分成工作和不工作的。
據說這和螞蟻的年齡等因素
無關。至於為什麼會這樣，
則是未來的研究課題。

他談話的主題是什麼？

1 螞蟻中有工作和不工作的
2 工蟻的工作
3 蟻后和工蟻的差異
4 工蟻的年齡

重點解說

1)說明研究發現工蟻並非全都在
工作。2)重點介紹工蟻中有工作
和不工作的，可知這就是談話的
主題。

問題3-2番〔MP3 3-02〕

女の人が、人と話すときに気をつけることについて話しています。

F：日本では、人の目を見つめることは失礼だと言われることがあります。¹⁾就職の面接を受けるときは、相手のネクタイの辺を見なさいという指導を受けました。²⁾でも私は、人と話すときはできるだけ相手の目を見ることにしています。³⁾ただ、やはり日本人の中には目をそらす人も多いので、そういうときはあまり見ないようにする場合もあります。

女の人が人と話すとき、いつも気をつけていることは何ですか。

1　できるだけ相手の目を見るようにすること
2　できるだけ相手の目を見ないようにすること
3　相手のネクタイの辺を見るようにすること
4　目をそらすこと

中　譯

女人在談她跟人說話時會注意的事。

F：在日本，有人說盯著人家的眼睛看很失禮。¹⁾以前老師也教過我，求職面試時，要把視線放在對方領帶附近。²⁾但我現在跟人說話時，都儘量直視對方的眼睛。³⁾只是很多日本人還是會把視線移開，這時我可能就不會一直盯著看。

她說她跟人說話時都會注意什麼？
1　儘量看著對方的眼睛
2　儘量不看對方的眼睛
3　把視線放在對方領帶附近
4　移開視線

重點解說

1)看領帶附近是老師教的，2)她會注意的是直視對方的眼睛，3)是直視對方時，對方常會移開視線。

解答：①

問題3-3番〔MP3 3-03〕

会社で、女の人が話しています。

F：みなさん、おはようございます。週末はいかがでしたか。今週もがんばって業務を行いましょう。1)仕事を始める前に、お知らせがあります。2)現在インフルエンザが流行しています。みなさん、気をつけてください。3)外から戻ったら、手をよく洗ってうがいをすること。人が多い場所ではマスクをすること。栄養をとって、夜はきちんと寝ること。4)もし具合が悪くなったら、無理して会社に来ないようにしてください。人にうつすのはよくないですから。では、今週もよろしくお願いします。

女の人は、何について話していますか。

1 週末の過ごし方について
2 毎日の生活について
3 病気になった場合について
4 インフルエンザの予防について

解答：④

中　譯

女人在公司裡講話。

F：大家早安。週末過得怎樣？這星期大家也要好好努力工作喔。1)在開始工作之前，有件事要提醒大家。2)現在流感盛行，請大家要特別小心。3)從外面回來時，要記得好好洗手漱口。在人多的地方要戴口罩。注意補充營養，晚上要好好睡覺。4)如果身體不適，請不要勉強來上班。傳染給別人就不好了。那就這樣，這星期也請大家繼續加油。

她講話的主題是什麼？

1 如何度週末
2 每天的生活
3 如果出現生病的情況
4 預防流感

重點解說

1)表示接下來是談話的重點，2)是重點，也就是小心別被傳染流感。3)是具體預防之道，4)是補充說明，並不是這段談話的主題。

問題3-4番〔MP3 3-04〕

女性がテレビで話しています。

F：今、バスツアーが人気なんですけれど、1)皆さんは半日で14カ所も回るツアーと半日で2カ所回るツアーでは、どちらが行った所のことをよく覚えていると思いますか。ふつうは時間をかけてのんびり過ごすツアーのほうだと思いますよね。でも実際に、この二つのツアーをそれぞれ10人の人に体験してもらい、後で質問に答えてもらうと、たくさん回ったチームのほうがよく覚えている、つまり記憶に残ることがわかりました。また、満足度も、たくさんの場所を回ったチームのほうが高かったということです。

女性は何について話していますか。

1 バスツアーが、おおぜいの人に人気がある理由
2 たくさんの場所を回るバスツアーは人気がない理由
3 バスツアーはゆっくり時間をかけて見て回るほうがいいということ
4 2つのバスツアーのうち、記憶に残るのはどちらかということ

解答：④

中 譯

電視裡一名女性在說話。

F：現在巴士旅遊很熱門。1)猜猜看，半天跑14個地方的行程跟半天跑2個地方的行程，哪一個會比較記得去過的地方？大家通常都會猜花較多時間慢慢逛的行程吧。可是實際上，各別請10人體驗這兩種行程後作答，發現跑很多地方那組記得比較清楚，也就是印象較深刻。而且據說滿意度也是跑很多地方那組比較高。

她談話的主題是什麼？

1 巴士旅遊受眾人青睞的原因
2 跑很多地方的巴士旅遊不受歡迎的原因
3 巴士旅遊最好要慢慢觀光
4 兩種巴士旅遊當中，哪一個比較讓人印象深刻

重點解說

1)請大家猜哪一種巴士旅遊讓人印象深刻，接下來說明實驗方法和結果。

問題3-5番〔MP3 3-05〕

女の人が展示会で話しています。何について話していますか。

F：皆様、1)我が社の自信作のこの車の特徴は、何と言っても、人とか車とか建物などにぶつかりそうになると、センサーがそれを感知して自然に止まるということなんです。ですから、絶対にぶつかるということがありません。あ、危ない！と思ってブレーキを踏んでも間に合わないこともあります。でも、この車でしたら、人間の動きより先に車の方が止まってくれるんです。事故を起こさない車、これこそ一番大切なことです。もちろん、2)環境のこともよく考えてありますし、3)乗り心地も最高、それに、4)車は小さめですが、中はゆったりと広くできています。

女の人は、何について話していますか。

1 車の事故について
2 会社の環境について
3 車の長所について
4 車の欠点について

解答：③

中 譯

女人在展示會場講話。她講話的主題什麼？

F：1)這款車是我們公司的得意之作，它最大的特色，就是當它快撞上人或車子、建築物等等時，感應器會測得並自動停下來。所以絕對不會發生撞上去的情況。當我們發現「啊，危險！」踩下煞車，有時還是會來不及。不過如果開的是這款車，人還沒動作之前，車子就會先自己停下來了。不會發生車禍的車，這就是最重要部分了。當然了，2)環保方面我們也十分用心，3)乘車舒適度絕佳，而且4)車身雖小，內部空間卻十分寬敞。

她講話的主題是什麼？
1 車禍
2 公司的環境
3 汽車的優點
4 汽車的缺點

重點解說

1)防撞系統是最大的優點，之後是進一步的說明，最後再補上2)環保、3)舒適、4)小車大空間等優點。

問題3-6番〔MP3 3-06〕

男の駅員がアナウンスをしています。

M：お客様にご迷惑をおかけして申し訳ありません。ただいま電車は隣の駅で止まっております。¹⁾原因については現在調査中です。わかり次第お客様にお知らせいたします。大変恐れ入りますが、²⁾お急ぎのお客様は、地下鉄をご利用ください。また、³⁾バスも準備中です。30分ほどお待ちいただければバスが運行いたします。大変ご迷惑をおかけしております……

何を伝えるためのアナウンスですか。

1　電車が遅れた原因
2　替わりの交通機関
3　地下鉄の時刻
4　バスの運行路線

中　譯

男站務員正在廣播。

M：非常抱歉造成各位旅客的不便。目前電車停在上一站。¹⁾原因現在正在調查。查出來會立刻向大家報告。²⁾趕時間的旅客請改搭地鐵，並敬請見諒。另外，³⁾我們正在安排巴士。如果您願意等候的話，巴士將於30分後發車。造成您的不便我們深感抱歉……。

廣播是要說明什麼？

1　電車誤點的原因
2　替代的交通工具
3　地鐵的時刻
4　巴士的行經路線

重點解說

1)提到誤點原因不明，2)說明可改搭地鐵，3)說明要安排巴士接駁，這兩種都是替代的交通工具。

解答：②

問題3-7番〔MP3 3-07〕

男の人が電話で友達と話しています。

M１：もしもし、俺。……あのさあ、ちょっと教えてほしいんだけど。明日の英語のテストのことで。

M２：何？¹⁾試験の範囲、知らないとか？

M１：²⁾そこまでばかじゃないよ。あのさ、前回、聴解の問題もあっただろう？

M２：ああ、そうそう。

M１：³⁾今回は、聴解もあるの？ それとも筆記だけ？

M２：筆記だけみたいよ。⁴⁾だって、1時間だけだろう。

M１：⁵⁾えっ。そうなのか！ 1時間だけ？

M２：おまえさあ……。⁶⁾何時から始まるかわかってる？

M１：う〜んと。10時からだよね。

M２：正解。じゃあ、今からしっかり勉強しろよ。

男の人は、どうして友達に電話しましたか。

1　試験の内容を聞くため
2　試験の範囲を聞くため
3　試験が何時間か聞くため
4　試験が何時から始まるか聞くため

解答：①

中　譯

男人在跟同學講電話。

M１：喂，我啦。……欸，想問你一下明天的英語測驗的事。

M２：什麼事？¹⁾莫非你不知道考試範圍？

M１：²⁾我哪那麼白痴啊。欸，上次不是還有聽力測驗嗎？

M２：對，有啊。

M１：³⁾這次也有聽力嗎？還是只有筆試？

M２：好像只有筆試喔。⁴⁾你想想，只有1小時欸。

M１：⁵⁾咦，是嗎！只考1小時？

M２：你喔……。⁶⁾你知道幾點開始考嗎？

M１：唔〜，10點開始對不對？

M２：答對了。好了，快滾去好好複習。

他為什麼打電話給同學？

1　為了問測驗的內容
2　為了問測驗的範圍
3　為了問測驗時間幾小時
4　為了問測驗從幾點開始

重點解說

1)和2)可見他知道考試範圍，3)考試內容是否為筆試+聽力才是他打電話要問的，4)和5)考試時間多久，6)幾點開始，都是同學提起的，並不是他要問的。

問題3-8番〔MP3 3-08〕

おとこ ひと はな
男の人が話しています。

M：みなさん、こんにちは。みなさんは、日本でどのく
らい地震が起きているか知っていますか。何と、小
さいものも含めてなら毎日起きているんですよ。強
いものは時々しかありませんけどね。えー、皆さん
は、体に感じる地震をどのくらい経験しましたか。
初めて経験した時は、とても怖いと思ったんじゃあ
りませんか。¹⁾さて、大きい地震が来たら、どうし
たらいいでしょうか。机の下に隠れる？ ドアを開
ける？ ガスを止める？ 外に出る？ そうですね、ど
れも間違いではありません。しかし、一番危ないの
は、動くことです。慌てて、あちこち動いてはいけ
ません。揺れがなくなるまで、じっとその場で落ち
着いて待っていることです。いいですか。

おとこ ひと なに はな
男の人は何について話していますか。

1 地震が起きる回数
2 地震にあった経験
3 地震が起きた時の注意
4 地震の強さと弱さ

解答：③

中譯

男人在講話。

M：大家好。你們知道日本有多少地震嗎？如果包括規模小的，其實每天都有地震。不過規模大的偶爾才會發生。嗯，你們經歷過多少次有感地震？第一次碰到的時候，一定很害怕對不對？¹⁾好的，大地震來的時候，我們要怎麼辦才好呢？躲到桌下？打開門？關瓦斯？跑到屋外？是的，這些都沒有錯。但是最危險的，就是移動。千萬不要慌張地跑來跑去。要冷靜地待在一個地方，直到地震停下來。OK？

他講話的主題是什麼？
1 地震發生的次數
2 遇到地震的經歷
3 地震時要注意的事
4 地震的強與弱

重點解說

前面提地震的頻率、強弱和經驗都是用來鋪墊的開場白，1)用「さて」開啟話題，問地震時該怎麼辦，接著談該做和不該做的事。

問題3-9番〔MP3 3-09〕

女の人が留守番電話にメッセージを入れています。

F：お世話になっております。東京ストアの山川でございます。¹⁾先日はご注文いただきありがとうございました。²⁾お買いあげいただいた品物の発送が終わり、そちらには３日後に着く予定です。どうぞよろしくお受け取りお願いいたします。なお、³⁾すでにお伝えしてありますとおり、ご返品は１週間以内となっております。また、⁴⁾万一品物に異常があった場合はすぐにお電話かメールでご連絡いただきますよう、お願い申しあげます。それでは、失礼いたします。

女の人は何を知らせていますか。

1　品物の注文が終わったこと
2　品物の発送が終わったこと
3　品物を店に返してほしいこと
4　品物に異常があったこと

中　譯

女人正在語音信箱留言。

F：您好，我是東京Store的山川。¹⁾感謝您日前的訂購。²⁾您所購買的商品已完成寄送，預定3天後會送達。敬請查收。另外，³⁾再次提醒您，受理退貨的期間是1星期以內。還有，⁴⁾萬一商品異常，煩請儘速以電話或email聯絡我們。謝謝。

她在通知什麼？
1　商品完成訂購
2　商品完成寄送
3　希望對方退還商品
4　商品異常

重點解說

1)對先前的訂購表達感謝，並非通知已完成。接著就是2)通知出貨及預定送達日期。3)退貨期間是之前已告知的事，4)有瑕疵要聯絡賣家是假定的情況。

問題3-10番〔MP3 3-10〕

おんな ひと はな
女の人がテレビで話しています。

F ：海外で暮らしてみたいと思ったことがある人は、
けっこう多いのではないでしょうか。でも、海外で
安定した生活をしようと思うと、そこで仕事をする
必要があります。¹⁾そこで、どんな仕事ができるかを
調べてみたんですが、²⁾和食レストランや日本人向け
不動産の営業、ホテル、旅行代理店、といったもの
が多いようです。³⁾その国にある日本企業の場合は日
本人のお客さん相手に正しい日本語が使えること、
その国の企業の場合なら、英語力が必要です。ホテ
ルなど、日本人の細やかな心遣いがとても高く評価
されているようです。

おんな ひと なに はな
女の人は、何について話していますか。

1 海外は暮らしやすいということ
2 海外には、仕事がたくさんあること
3 海外で暮らす日本人が増えたこと
4 海外でどんな仕事ができるかということ

解答：④

中 譯
電視裡女人在講話。
F：我猜一定有滿多人都想過在國外生活看看。不過，想要在國外過穩定的生活，就需要在當地工作。¹⁾於是我們就調查看看可以從事哪些工作，²⁾發現大多都是日本料理店，還有以日本人為對象的房屋仲介、飯店、旅行社等等。³⁾如果是在當地日本企業工作，要能以正確無誤的日語和日本顧客溝通，而如果是在該國企業工作，就要會英語。飯店之類的行業，似乎都對日本人無微不至的貼心服務給予極高的評價。
她談的主題是什麼？
1 國外生活很舒適
2 國外有很多工作
3 在國外生活的日本人變多了
4 在國外可以從事哪些工作

重點解說
1)道出主題：調查在國外可以做哪些工作，2)羅列可以從事的行業，3)說明所需的能力。

問題3-11番〔MP3 3-11〕

だいがく けいざいがく きょうじゅ はな
大学で経済学の教授が話しています。

M：皆さんはバンドワゴン効果という言葉を聞いたことがありますか。バンドワゴンというのは、にぎやかな音楽隊をのせて、パレードなど行列の一番前を走る車のことです。何だか面白そうだなってついていく人がいます。それを見て、自分も……とついていく人がどんどん増えるわけです。ビジネスにもこういうことが起こります。1)例えば、日本には行列のできる店、つまりそこの料理を食べるために客が店の前で何十分も並ぶような店がたくさんありますが、これもバンドワゴン効果と言えるのではないでしょうか。2)今日は、バンドワゴン効果と言えるものにどんなものがあるか、皆さんと考えていこうと思います。

きょうじゅ なに かんが い
教授は何を考えると言っていますか。

1　行列のできる店について考える。
2　バンドワゴン効果の例を考える。
3　パレードについていくのはなぜか考える。
4　どうすれば面白いバンドワゴンになるか考える。

解答：②

中　譯

經濟學教授在大學裡講話。

M：大家有沒有聽過一個詞叫「樂隊花車效應」（Bandwagon effect，或稱從眾效應）？樂隊花車是指遊行時開在隊伍最前面的車子，上面載著熱鬧的樂隊。會有人覺得好像挺好玩就跟上去。其他人看了也一個個跟上去……於是跟著走的人就越來越多。商業中也有這種現象。1)比方說，日本有很多排隊名店，就是那種為了吃這家店的料理，顧客會在門口排好幾十分鐘的店。這應該也可以算是從眾效應吧。2)今天我們就一起來想一想，有什麼可以算是從眾效應。

教授說要想一想什麼？
1　想一想排隊名店。
2　想一想樂隊花車效應的例子。
3　想一想人們為什麼會跟著遊行隊伍走。
4　想一想要怎麼做樂隊花車才會好玩有趣。

重點解說

開頭先解釋何謂「樂隊花車效應」，接著說明商業中也有同樣的現象。1)舉排隊名店為例，2)請同學一起想想其他例子。

問題3-12番〔MP3 3-12〕

女の人が広告について話しています。

F：消費者の皆さん、こんにちは。今日は、広告についてお話しします。¹⁾えー、「広告とは先週のゴミを売るための言葉だ」という言い方があります。どうしてかというと、広告の言葉は非常に説得力があり、たとえゴミでも価値があるもののように聞こえるからです。²⁾例えば「プロが薦めるスキンクリーム」。賢い消費者は、「プロっていったい何のプロ？」って思わなければなりません。また、広告会社はイメージを売るための言葉を使います。³⁾例えば「明るい色のバスタオル」じゃなくて「花弁のような柔らかさ、レインボウ・カラーのバスシーツ」などと言うのです。⁴⁾パソコンの広告であれば、それを使うことによって仕事のできるビジネスマンになれるという幻想を持たせます。……いかがですか、皆さん。今日からさっそく、どんな言葉を使って広告を作っているか、ちょっと違った目で見てみませんか。

何について話していますか。

1　広告の言葉には気をつけなければならないということ
2　広告にはいい言葉を使った、いい文章が多いということ
3　言葉は、いろいろな言い換えができるということ
4　たとえゴミでも、むだにしてはいけないということ

解答：①

中　譯

女人在談廣告。

F：各位消費者，大家好。今天我來談談廣告。¹⁾嗯，有一種說法，說「廣告就是要把上星期的垃圾賣出去的話語」。為什麼呢？因為廣告詞太有說服力了，連垃圾都會聽起來很有價值。²⁾例如「專家推薦的潤膚霜」。聰明的消費者必須想想：「這個專家到底是什麼專家？」。廣告公司都會用一些推廣形象的詞語。³⁾比方「亮色系的浴巾」會說成像「如花瓣般柔軟，霓虹色的大浴巾」。⁴⁾如果是電腦的廣告，就會讓人幻想用了之後，自己就會變成工作能力高強的商務人士。……大家覺得如何？從今天起，何不試著從另一種角度來看看廣告都用哪些詞語呢？

她談話的主題是什麼？
1　我們必須小心廣告的用詞
2　廣告中有很多使用妙言雋語的好文章
3　話可以有很多不同的說法
4　就算是垃圾也不能浪費

重點解說

1)是對廣告詞的負面形容，2)舉例說明必須對廣告抱持懷疑的態度，3)是廣告用詞華麗浮誇的例子，4)是廣告過度誇大的例子。

問題3-13番〔MP3 3-13〕

女の人がテレビで話しています。

F：最近はボランティア活動が盛んになってきましたね。日本でこのボランティア活動が盛んになったのは、1995年の大地震の時だったと思いますけど、最近では就職に有利だからするっていう人もいるようなんです。1)最初はこれじゃ本当のボランティアとは言えないんじゃないかと思いましたが、今では、理由が何であってもボランティアをすることには変わりはないし、結果的に誰かの役に立っているのですから、これもまたいいと考えるようになりました。2)私は少しでも多くの人に他人の役に立つことの喜びを味わってほしいと思います。3)学校の授業でも、もっともっとこういう活動を取り入れることができればいいですね。

女の人が一番言いたいことは何ですか。

1　ボランティア活動が盛んになったのは大地震の後だ
2　就職のためにボランティアをするのは良くない
3　ボランティアをする理由は何でもいい
4　多くの人にボランティアを経験してほしい

解答：④

中 譯

電視裡有個女人在說話。

F：最近志願服務越來越興盛。日本志願服務的興起，我記得是在1995年大地震的時候，不過最近好像也有人是因為對就業有利才做志工的。1)一開始我認為這不是真的志工，不過現在覺得不管基於什麼原因，都沒有改變做志工這件事，結果還是幫到了某些人，這也是好事。2)我希望有更多人能體會到幫助別人的快樂。3)如果學校課程裡也能多多導入這類活動就好了。

她最想說的是什麼？

1　志願服務興起於大地震之後
2　為了就業去做志工很不好
3　基於什麼原因做志工都沒關係
4　希望更多人體驗志願服務

重點解說

志願服務的歷史和變化是鋪墊，1)是她的見解：不論出發點為何，做志工都是好事。所以重點是2)呼籲大家都來體驗志願服務，3)希望學校也多加推廣。

問題3-14番〔MP3 3-14〕

女の人が高齢者の山登りグループに話しています。

F：最近、年齢が高い方の山登りが盛んです。こうした方々は自然に関心もあり、マナーにも気をつけているし、何といっても山登りをとても楽しんでいます。すばらしいことですね。¹⁾ただ、自分の健康には十分に注意していただきたいと思います。まず服装。絶対に暖かくしないといけません。それから山には虫が多いですから、肌をなるべく出さないこと。水や食糧も不足しないようにしてください。それから、何といっても無理をしないこと。若い時の体力を覚えているから大丈夫だと思ってしまうんですね。高い山は酸素が少なく、疲れやすいんです。疲れる、寒い、おなかがすく、この点を必ず避けてほしいと思います。気をつけさえすれば山は楽しいですよ！

女の人は、何について話していますか。

1 山登りをする人の増加
2 山登りをする理由
3 山登りをする時の注意点
4 山登りをする楽しさ

解答：③

中 譯

女人正在對高齡登山隊說話。

F：最近很多長者流行登山。這些長者關心自然生態，也很守規矩，最主要的是非常享受登山的樂趣。這是很棒的事。¹⁾只是千萬要留意自身的健康。首先是服裝。一定要穿得夠暖。還有山上昆蟲多，儘量不要露出肌膚。還要留意飲水和糧食是否足夠。然後最重要的，就是不要勉強。人們往往會以年輕時的體力來判斷，認為自己做得到。高山氧氣較少，容易感到疲倦。累、冷、餓，這幾點一定要避免。只要夠小心，山上還是很好玩的！

她這段話的主題是什麼？

1 登山者的增加
2 登山的原因
3 登山時的注意事項
4 登山的樂趣

重點解說

一開始談長者登山的盛行與優點，1)話鋒一轉，開始談到要注意健康。「ただ」表示有附帶條件。接下來提的服裝、飲水、糧食等等都是登山的注意事項。

問題3-15番〔MP3 3-15〕

女の人と男の人が話しています。

M：やあ、久しぶり。¹⁾大変だったね。お母さん、もう大丈夫？

F：うん。ありがとう。おかげさまで、きのう退院できたの。

M：²⁾いったいどういう事故だったの？

F：³⁾母が普通に歩道を歩いてたら、後ろから自転車がかなりのスピードで走ってきて、母にぶつかったのよ。あの程度のけがですんで本当に良かったと思ってるの。

M：自転車は歩道を走っちゃいけないのにね。

F：でも、守られてない。自転車って、こわいわね

M：まあ、でもお母さんが元気になったのなら、よかったよ。

F：ええ。私たちも気をつけなきゃって思ったわ。

M：そうだね。本当に。

二人は主に何について話していますか。

1　女の人の交通事故について
2　女の人の母親の事故について
3　交通ルールが守られていないことについて
4　自転車がこわいことについて

解答：②

中　譯

女人和男人在說話。

M：嘿，好久不見。¹⁾妳這陣子很辛苦吧。伯母康復了嗎？

F：嗯。謝謝你的關心。托你的福，她昨天出院了。

M：²⁾車禍到底是怎麼發生的？

F：³⁾我媽媽就很正常地走在人行道上，結果後面一輛腳踏車快速衝過來撞上我媽媽。只有這樣的傷勢算是萬幸了。

M：腳踏車明明就不能騎上人行道的啊。

F：可是大家都不遵守規則。腳踏車真可怕。

M：唉，不過如果伯母康復了，那就好了。

F：是啊。我覺得我們也要小心一點。

M：對啊。真的要小心。

兩人主要在談什麼？

1　她的車禍
2　她母親的車禍
3　不遵守交通規則的現象
4　腳踏車很可怕

重點解說

1)慰問她並詢問她母親的狀況，2)問起車禍的事，3)說明車禍情況與傷勢，剩下的是對違規現象的感慨與相互提醒，不是談話的重點。

問題3-16番〔MP3 3-16〕

男の人が話しています。

M：¹⁾私が外国語を勉強し始めたのは40歳のときです。それまでぜんぜん習わなかったイタリア語を、突然やろうと思ったのです。イタリア美術が好きでしたから。……ええ、大変でしたよ！　外国語って12歳までにスタートしないと上手にならないって言いますよね、ですから……。²⁾でもイタリアの建築や絵が大好きでしたから、言葉を覚えるのはとても楽しかったですよ。³⁾言葉を知ることで、文化にもますます近くなりました。⁴⁾皆さんも、がんばってください。言葉の勉強に、年齢は関係ありませんよ！

男の人は、誰に話していますか。

1　外国語を勉強している、若い人
2　外国語を勉強している、年齢の高い人
3　イタリア美術を勉強している、若い人
4　イタリア美術を勉強している、年齢の高い人

解答：②

中　譯

男人在說話。

M：¹⁾我開始學外語，是40歲的事了。有一天我突然想學以前從沒學過的義大利文。因為我一直很喜歡義大利美術。……是啊，可不容易了！人家不是說嗎？外語要在12歲以前開始學，不然學不好，所以啊……。²⁾可是我超愛義大利的建築和繪畫，所以覺得背單字很好玩。³⁾因為通曉語言，跟文化就越來越親近了。⁴⁾大家也要加油。語言的學習是跟年齡沒有關係的！

他在對誰講話？

1　學習外語的年輕人
2　學習外語的年長者
3　學習義大利美術的年輕人
4　學習美大利美術的年長者

重點解說

1)以自己中年學外語開啟話題，2)分享以強烈的興趣克服學習障礙，3)談學外語的好處，4)鼓勵聽眾不要怕年紀大學不好外語。

女の人が電話で母親と話しています。

F1：もしもし、あ、お母さん、私だけど。うん、今、学校。あのね、部屋に忘れ物しちゃったんだけど。ちょっといい？

F2：いいわよ？　何？

F1：私の部屋に行ってくれる？　それで、机の上にさあ、ファイルがあるでしょう？

F2：ああ、あるある。青いファイル。これ、私が買ってあげたのよね。で？　どうするの？

F2：¹⁾<u>うーん、持ってきてもらうのは大変だから、必要なとこだけ今教えてほしいの。</u>

F2：いいわよ。どこを見ればいいの？

F1：最初のページに、プロジェクトのことが書いてあるでしょう？

F2：えーと、子供の発達調査プロジェクト……これね。

F1：²⁾<u>うん、それの、日程のところ、読んで。</u>

F2：日程ね。えーと、9月25日、28日……。³⁾<u>ねえ、写真撮ってメールで送ってあげようか。</u>

F1：⁴⁾<u>ううん、それはいい。もうちょっとだから。</u>

女の人は、どうして母親に電話しましたか。

1　ファイルを持ってきてもらうため
2　ファイルを買ってもらうため
3　ファイルの内容を読んでもらうため
4　写真を撮ってメールで送ってもらうため

解答：③

中　譯

女人在跟母親講電話。

F1：喂，媽媽，是我啦。嗯，我現在在學校。媽媽，我有個東西忘在房間裡了。妳可以幫個忙嗎？

F2：可以啊，要我做什麼？

F1：妳可以去我房間嗎？然後，桌上呢，有沒有一個檔案夾？

F2：喔，有有有。藍色的檔案夾。這是我買給妳的嘛。然後呢？要怎樣？

F1：¹⁾<u>幫我送到學校也太麻煩了，所以想拜託妳跟我說我需要的地方。</u>

F2：可以啊。要看哪裡？

F1：第一頁不是有寫計劃的名字嗎？

F2：欸……，孩童發育調查計劃……是這個吧。

F1：²⁾<u>對，妳唸一下日期的部分。</u>

F2：日期啊。嗯……，9月25日，28日……。³⁾<u>欸，乾脆我照相傳給妳好了。</u>

F1：⁴⁾<u>不，那倒不用。再一下下就好了。</u>

她為什麼打電話給媽媽？

1　要媽媽幫她送檔案夾來
2　要媽媽買檔案夾給她
3　要媽媽唸檔案的內容
4　要媽媽拍照傳給她

重點解說

1)是打電話的目的，請母親把檔案中她需要的部分唸給她聽。2)具體要求唸哪個部分，3)拍照傳過去是母親的提議，4)她婉拒了提議。

問題3-18番〔MP3 3-18〕

女の人が話しています。

F：私はお金をつかう時、いろんなことを考えます。これが本当に必要なのか、本当にこの金額が適当なのか。もし、そうではない、という答えが自分の中で出たら、買うのをやめます。なるべくお金をつかわない、ということにつながりますね。でも、1)私の考えは、お金をつかわないことではありません。納得してつかう、ということです。例えば、あまりにも安すぎる値段だと疑問を感じます。材料や作り方などに、ですね。適切な値段かどうかが問題なのです。また、2)私自身が本当にほしいと思っているものなら、高くても買います。例えば、どうしても行きたい旅行とか、趣味のために買いたいものとか。また、3)自分のためというより、家族とか、だれかほかの人のためにつかうこともあるでしょうね。

女の人はお金について何と言っていますか。

1 お金の使い方を考える。
2 自分のためにお金をつかう。
3 できるだけお金をつかわない。
4 高すぎる物は買わない。

解答：①

中 譯

女人在說話。

F：我用錢的時候，會考慮很多問題。這是真正需要的嗎？這個金額真的合理嗎？如果我心裡回答不是，就不會買。這會導致一個結果，就是儘量不用錢。不過1)我的想法並不是不要用錢。而是要自己覺得可以才用。比方太過便宜的價格，我也會懷疑是不是有問題。像材料或做法等等。問題在於價錢是否合宜。還有，2)自己真的很想要的東西，很貴我也會買。例如無論如何都想去的旅行，或是因為嗜好要買的東西。此外，3)我們有時候也不是為了自己，而是把錢用在家人或其他人身上對吧。

她在說關於錢的什麼？

1 考慮錢的用法
2 把錢用在自己身上
3 儘量不花錢
4 不買太貴的東西

重點解說

1)解釋自己對用錢的看法，並不是都不用，而是用在自己認可的地方，所以談的是如何用錢。2)說貴的也會買，3)提到錢不只用在自己身上。

問題3-19番〔MP3 3-19〕

不思議ワールドの女の人が話しています。

F：皆様、不思議ワールドへようこそお出でくださいました。こちらではいろいろな体験をしていただけますが、まず、ここでは南極の寒さを体験していただきます。1)お体の具合の悪い方、心臓の弱い方、4歳未満のお子様、狭いところの苦手な方はご遠慮ください。2)また、ご気分が悪くなった方は、いつでもドアを開けて外に出ていただくことができます。その時は係員に一言おっしゃってくださいね。3)中は飲食、おタバコは禁止になっておりますので、ご了承ください。それから、4)係員の指示に従って行動してください。5)では、どうぞお入りください。

女の人が話しているのは主にどんなことですか。

1 不思議ワールドの説明
2 来てくれたことのお礼
3 入る前の注意
4 南極体験の説明

解答：③

中 譯

奇妙世界有個女人在說話。

F：歡迎光臨奇妙世界。大家可以在這邊體驗各種事物，首先這裡要請大家感受一下南極的酷寒。1)身體不適、心臟不好、未滿4歲、怕狹窄空間的遊客，請不要進場。2)覺得不舒服的時候，隨時都可以打開門出來。到時請跟工作人員說一聲。3)場內禁止飲食、禁菸，請敬配合。還有，4)請依工作人員指示行動。5)現在請大家進場。

她主要在說什麼？

1 奇妙世界的說明
2 對大家到來的感謝
3 入場前的注意事項
4 南極體驗的說明

重點解說

1)請某些人不要進場，2)說有狀況隨時可以出來，3)說明場內禁止事項，4)請顧客要聽工作人員指示，5)請大家進場。所以是進場前的說明。

問題3-20番〔MP3 3-20〕

女の人がテレビで話しています。

F：皆さんはブータンという国を知っていますか。この国は、2005年の調査で国民のほぼ97%が幸せだと答えたということで、幸せの国というイメージが広がりました。¹⁾でも2010年の調査では41%に下がっています。²⁾最近は外国の文化がどんどん入ってくるようになり、また外国人の観光客も増えて外国のものに憧れる若者が増えました。また³⁾若者の失業率が高くなり、犯罪も多くなって、⁴⁾現在では以前のように幸福を感じ続けることが難しくなってきているようです。

女の人は、主に何について話していますか。

1 ブータンの国民について
2 ブータンの幸せな人について
3 ブータンの若者について
4 ブータンの最近の状態について

解答：④

中 譯

電視裡有個女人在說話。

F：大家知道有一個叫不丹的國家嗎？這個國家在2005年的調查中，約有97%的國民表示自己很幸福，於是幸福國度的形象傳遍各地。¹⁾然而2010年的調查卻降至41%。²⁾近來外國文化大量湧入，外國觀光客也變多，越來越多年輕人對外國事物心嚮往之。還有³⁾年輕人失業率攀升，犯罪案件增加，⁴⁾現在要像以前那樣繼續感到幸福，似乎越來越難了。

她這段話主要在說什麼？
1 不丹的人民
2 不丹幸福的人
3 不丹的年輕人
4 不丹最近的情況

重點解說

1)介紹以前極高的幸福指數如今已下滑，2)和3)描述這幾年的變化，4)談今非昔比。整體是在介紹不丹這些年來的變化，也就是最近的情況。

問題3-21番〔MP3 3-21〕

テレビで女の人が話しています。

F：みなさん、夜なかなか眠れない、朝、起きるのがつらい、こんなことはありませんか。不規則な生活、年のせい、原因はいろいろですが、夜よく休めないと朝から頭がすっきりしなくて、一日中ぼうっとしていたりしますよね。¹⁾そんな方にお勧めなのが、このグルタンです。²⁾このグルタンは薬ではありません。健康食品ですので、安心して飲めます。さわやかなレモン味で一日一袋、お休みの前に水に溶かしてお飲みください。³⁾さあ、今日からはゆっくり休めて朝は元気、どうぞお試しください。⁴⁾今なら半額です。ご注文は、0120−999−666です。今すぐお電話ください。

女の人はどんな話をしていますか。

1 薬の飲み方を説明している。
2 健康食品の宣伝をしている。
3 夜眠れない理由を話している。
4 ゆっくり休む方法を説明している。

解答：②

中 譯

電視裡有個女人在說話。

F：大家會不會有時候晚上老睡不著，早上起床痛苦得要命？可能是因為不規律的生活或年紀等等，原因很多，但晚上不能好好休息，可能一大早頭就昏昏沉沉的，整天精神委靡。¹⁾如果您有以上情形，建議您服用Gurutan。²⁾這Gurutan不是藥，它是健康食品，所以可以放心服用。清新的檸檬口味，一天一包，睡前用冷水沖泡飲用。³⁾您一定要試試看，今天起就能好好休息，早上元氣滿滿。⁴⁾現在買只要半價。訂購電話0120-999-666。請立即來電。

她在說什麼？
1 說明藥品的服用方式
2 宣傳健康食品
3 談晚上睡不好的原因
4 說明如何好好休息

重點解說

1)開始推薦商品，2)說明它是健康食品，3)強力推銷，4)是折扣和購買方式。

問題3-22番〔MP3 3-22〕

女の人が学校の説明会で話しています。

F：皆様、この学校の説明会にお出でいただき、ありがとうございます。まず、¹⁾この学校の特徴を申しあげます。この学校は一人一人にやる気を起こさせる教え方を研究し、実行しているんです。²⁾まず、性格テストで、生徒一人一人がどんなことを嬉しいと思い、どんなことをいやだと感じるのかを調べます。その結果を教え方に反映させるんです。無理なことをすると、やる気はなくなってしまいます。ですから、無理はしません。みんなが楽しく勉強していけるよう授業を進めているんです。

学校の何を強調していますか。

1 説明会に来てくれて感謝していること
2 性格テストがとても大切だということ
3 生徒が嬉しいと思う授業をしていること
4 やる気を起こさせる教え方をしていること

解答：④

中　譯

女人在學校的說明會上講話。

F：謝謝大家參加本校的說明會。¹⁾首先我想介紹本校的特色。我們學校不斷研究改進教學方式，努力提高每位同學的學習動機。²⁾我們會先做人格測驗，調查每位同學什麼事會覺得開心，什麼事會覺得討厭。然後把調查結果反映在教學方式上。勉強自己，會降低學習意願。所以我們不做勉強的事。我們一直都是以快樂學習為目標來進行授課。

她在強調學校的什麼？

1 感謝大家來參加說明會
2 人格測驗非常重要
3 上學生覺得開心的課
4 現在的教學方式能提升學習動機

重點解說

1)是說明學校的特色，2)是執行的方式，沒有提到人格測驗很重要，而調查同學什麼事會覺得開心，是反映在教學方式上，並非上同學覺得開心的課程。

問題3-23番〔MP3 3-23〕

小学校の先生が子ども達の親に話しています。

F：今日はお忙しいところお集まりいただきましてありがとうございます。さて、今日はまず、給食費のことについてです。実は、皆様もおわかりのように、食費がどんどん値上がりしています。野菜も高くなりましたし、肉やバター、牛乳などの乳製品もずいぶん高くなりました。1)今までは、メニューをいろいろ考えてやってきましたが、材料費がこんなに上がってしまっては、給食費を値上げしないではやっていけないんです。それで、2)給食費を一月350円値上げさせていただきたいのです。事情を理解していただいて、ご協力いただきますよう、お願いいたします。

先生が言いたいことは何ですか。

1 給食費を値上げしないでほしい
2 メニューをいろいろ考えてほしい
3 材料費を上げないでほしい
4 給食費の値上げを理解してほしい

解答：④

中 譯

小學老師在對學生家長說話。

F：今天謝謝大家在百忙之中抽空前來。今天首先要談的，是團膳費的事。是這樣的，大家也都知道，餐費一直漲個不停。蔬菜都變貴了，肉類和奶油、鮮乳等乳製品也漲得凶。1)過去我們都是在菜單方面想方設法，但材料費漲到這個程度，團膳費再不調漲就做不下去了。因此，2)希望能容許我們把團膳費每月調高350日圓。拜託大家理解並配合。

老師想說的是什麼？
1 希望不要調高團膳費
2 希望在菜單方面多想想辦法
3 希望不要調高材料費用
4 希望諒解團膳費調漲的事

重點解說

1)解釋團膳調漲的原因，2)是調漲的金額。「值上げさせていただきたい」〈我們想得到讓我們漲價的許可〉是謙讓形式，意思等於「值上げしたい」。

問題3-24番〔MP3 3-24〕

女の人が若い人の行動について話しています。

F：¹⁾若い人が公共の場でどんな行動をするか、もうあまり驚かなくなりました。²⁾電車の中でお年寄りに席を譲らないなんて、当たり前すぎて話題にもならないですね。³⁾実は先日、さすがにびっくりしたことがありました。⁴⁾ある駅で、前を歩いている若い女性が乾電池を落としたので、拾って、「落としましたよ」って渡そうとしたんですね。そしたらその人、何て言ったと思います？「あ、それもう使えないんで」って。……私、一瞬わけがわからなかったですよ。え？と思っているうちにその人、さっさといなくなっちゃって、文句も言えなかった。⁵⁾使えなくなった乾電池、駅の構内を歩きながらその辺に捨てます？信じられないですよね。私、うちに持って帰って、ちゃんと決められた通りに捨てましたよ。だってどうしようもないじゃないですか。

女の人は、若い人のどんなことについて話していますか。

1　電車の中での態度の悪さ
2　駅での歩き方の悪さ
3　知らない人との話し方の悪さ
4　公共のマナーの悪さ

解答：④

中 譯

女人在談年輕人的行為。

F：¹⁾年輕人在公共場所的行為舉止，我現在已經不太會感到驚訝了。像²⁾在電車裡不讓座給老年人，都已經司空見慣，沒什麼好提的了。³⁾即使如此，前幾天還是碰到一件叫人傻眼的事。⁴⁾在某個車站，一個年輕女生走在我前面，她的乾電池掉下來，於是我就撿起來要拿給她，跟她說「妳東西掉了」。你猜她怎麼說？她說「喔，因為那個不能用了」。……我一下子還搞不清楚怎麼回事呢。她趁我還沒回過神來，一下子就溜走了，害我連批評都沒得批評。⁵⁾不能用的乾電池，你會在車站裡邊走邊丟嗎？簡直匪夷所思。我只好把它帶回家，乖乖依規定丟了。不然能怎麼辦呢？

她在談年輕人的什麼行為？

1　在電車裡態度惡劣
2　在車站走路方式太差勁
3　跟不認識的人說話沒禮貌
4　在公共場所不守規矩

重點解說

1)以負面語氣提起年輕人在公共場所的行為，2)舉例常見的白目行為，3)到新佐證，4)描述年輕人在車站邊走邊丟垃圾還落跑，5)再簡短重述該行為。

問題3-25番〔MP3 3-25〕

男の人が話しています。

M：私たちが開発したのは、コミュニケーションできるタイプのものです。人の顔、名前、その他の情報を覚えさせると、「リンさん、もうすぐお誕生日ですね」などと話しかけます。相手の話を聞いて、うなずいたり質問したりすることもできるのです。1)現在、老人を介護する施設で試験的に使用しているのですが、評判はとてもいいです。2)お年寄りのいい話し相手になっているんですよ。高齢の方は会話が苦手な場合が多いので、人間よりロボット相手のほうが気楽なんだそうです。ロボットは、話し相手の方に首を回して、顔を合わせて会話をするので、不安にならずに話せるということも聞いています。3)会話のほかに、歌や踊り、ゲームやクイズなどの活動をいっしょにすることで、お年寄りの体と心の機能が保たれています。

男の人は、何について話していますか。

1　お年寄りを介護する施設
2　お年寄りに不安を与えない方法
3　体と心の機能が弱くなる理由
4　お年寄りのために役立つロボット

解答：④

中 譯

男人在講話。

M：我們研發出來的，是互動型的。只要讓它記住人的長相、姓名以及其他資訊，它就會主動跟人說話，例如說「林小姐，妳生日快到了吧」。聽人說話時，它也會點頭或提問。1)目前正在老人長照機構測試使用，評價非常好。2)它是年長者很好的談話對象。他們說年紀大的人往往不知如何與人對話，而跟人類相比，跟機器人對話就輕鬆多了。也有人說談話時機器人會把頭轉向對方，面對面跟人說話，讓人能安心地開口說話。3)除了對話之外，它還能一起進行唱歌、跳舞、遊戲、猜謎等活動，維持年長者的身心功能。

他這段話的主題是什麼？

1　高齡長照機構
2　舒緩年長者不安的方法
3　身心功能衰弱的原因
4　對年長者有助益的機器人

重點解說

一開始談機器人的功能，1)提到高齡長照機構試用反應極佳，2)是跟機器人說話對年長者的好處，3)是對年長者的其他助益。

問題3-26番〔MP3 3-26〕

男の人が話しています。

M：昔私が住んでいた外国の町は、雨の少ない所でした。¹⁾1年365日のうち、雨が降る日は10日以下、というような状況でした。最近は異常気象で、もっとひどくなったかもしれません。晴れの日が多いのは、生活する人にとっては快適だし、観光にも適しているし、いいんですけどね。少なすぎるんですよ、雨が。こんなデータがあるんですよ。²⁾過去50年間で、日本で一番雨が多かった日の1日分が、私が住んでいた町の、なんと1年分とほとんど同じなんです。空気がどんなに乾いているか、想像できるでしょう。水不足も問題でしたし、水を買わないといけないのは大変でした。

男の人は、昔住んでいた町のどんなことについて話していますか。

1 どうして雨が少ないか
2 どんなに雨が少ないか
3 どんな生活をしていたか
4 どうやって水を買っていたか

中 譯

男人在講話。

M：我以前住過的外國城市，當地雨量很少。¹⁾少到1年365天當中，下雨的天數不到10天。最近氣候異常，說不定更慘了。晴天多，人生活起來舒適，也很適合觀光，是滿好的。但那雨量也未免太少了。有這麼一個數據，²⁾50年來日本降雨最多的1天，單日雨量幾乎等於我住過的小鎮1年分的雨量。你可以想像得到空氣有多乾燥了。缺水也是個大問題，當時還得去買水，超麻煩的。

他在講以前住過的城市的什麼事？

1 為什麼降雨很少
2 降雨有多麼少
3 當時過怎樣的生活
4 當時怎麼買水

重點解說

1)和2)都是在描述雨量少到什麼程度，但沒有談到原因。關於當時的生活，只有在最後提到缺水，必須買水，也沒有說怎麼買。

解答：②

問題3-27番〔MP3 3-27〕

女の人が電話で姉と話しています。

F1：もしもし、あ、お姉さん、私だけど。今、いい？あのね、今週の日曜なんだけど。

F2：1)ああ、わかってる。お母さんの誕生日ね。60歳の。

F1：そうなの。それで、みんな集まるのよ。ホテルで食事会をするの。

F2：2)そうでしょうね。去年から言ってたことだから、知ってるわ。

F1：ねえ、お姉さん、お母さんのこと腹が立ってるのはわかってるんだけど。

F2：うん。

F1：3)なんとかその日、来てくれないかなあ。家族なんだから……。

F2：ねえ、どうして私が怒ってるか、知ってるの？

F1：うん、お母さんから聞いた。お母さんも、言いすぎたって思ってるみたいよ。

F2：それなら自分で電話してくればいいじゃない。

F1：お姉さんったらあー。お願い！ 4)私、お姉さんがいなかったら、家族で食事会してもつまんない。行くの、やめようかなー。

F2：何言ってるの。あなたは行きなさいよ。

F1：お願い、お姉さん。何とか考えなおして。私のためだと思って。

F2：ふう……。そうね、考えとくわ。

F1：やった！ ありがとう。

女の人は、どうして姉に電話しましたか。

1 母親の誕生日がいつか教えるため
2 食事会があることを伝えるため
3 食事会に来てもらうため
4 食事会に行かないことを言うため

解答：③

中譯

女人在跟姊姊講電話。

F1：喂，姊姊？是我。現在可以講話嗎？姊姊，這個星期天啊……。

F2：1)喔，我知道。媽媽生日嘛。60歲生日。

F1：沒錯。所以大家要聚一下，在飯店辦個餐會。

F2：2)那是一定的啊。我知道，妳從去年就有在講。

F1：欸，姊姊，我知道妳還在生媽媽的氣。

F2：對。

F1：3)不過拜託那天還是來吧。畢竟是一家人啊……。

F2：我問妳，妳知不知道我為什麼生氣？

F1：嗯，媽媽跟我說了。媽媽好像也覺得自己說得太過分了。

F2：這樣她自己打電話給我不就好了嗎？

F1：姊姊妳怎麼這樣啊。拜託嘛！4)妳不去，我參加家庭聚餐也沒什麼意思。乾脆不去好了。

F2：說這什麼話。妳給我去參加。

F1：姊姊拜託啦。妳再重新考慮一下嘛。就當是為了我。

F2：唉……。好吧，我考慮看看。

F1：耶！謝謝姊姊。

她為什麼打電話給姊姊。

1 要跟姊姊說媽媽生日是哪一天
2 要跟姊姊說有聚餐
3 要請姊姊來聚餐
4 要跟姊姊說她不去聚餐

重點解說

1)姊姊知道媽媽的生日，2)姊姊知道聚餐的事，3)她力邀姊姊來聚餐，4)威脅姊姊不去她也不去。

問題3-28番〔MP3 3-28〕

男の人が話しています。

M：人間に一番近い動物といえば、チンパンジーなどサルの種類ですね。確かに、遺伝子の点では、サルが人間に近いのは事実です。¹⁾しかし、顔の表情について言うと、実は、人間と同じように顔の筋肉を使って気持ちを表すのは、馬なんです。²⁾サルは13種類の顔の表情を持っていますが、馬は17種類あって、これは人間と同じなんです。³⁾目や口などの動かし方も人間とよく似ていて、うれしい時や悲しい時の表情は、私たちとほとんど変わりません。えー、⁴⁾今日の私の話は、馬が、どんな気持ちをどんな表情で表すか、具体的にお伝えすることです。楽しいですよ。それでは、まずビデオを見ていただきます……。

何についての話ですか。

1　サルの表情
2　馬の表情
3　人間の表情
4　動物の表情

解答：②

男人在講話。

M：提到跟人類最接近的動物，那就是黑猩猩等猿猴類了。就基因來看，猿猴確實很接近人類。¹⁾不過就臉部表情來說，其實跟人類一樣運用臉部肌肉展現情緒的是馬。²⁾猿猴有13種臉部表情，馬有17種，這和人類是一樣的。³⁾眼睛嘴巴的動作也跟人類非常相似，高興和傷心的表情，跟我們幾乎一個樣子。是的，⁴⁾今天我要具體跟各位分享的，就是馬會用怎樣的表情表達怎樣的情緒。包君滿意。接著我們先來看看影片……。

這段話的主題是什麼？
1　猿猴的表情
2　馬的表情
3　人類的表情
4　動物的表情

重點解說

1)談馬用表情展現情緒，2)談馬的表情種類，3)談馬的表情與人相似，4)說明接下來要教大家看馬的表情代表什麼情緒。

■問題3

1番　①　　2番　①　　3番　④　　4番　④　　5番　③

6番　②　　7番　①　　8番　③　　9番　②　　10番　④

11番　②　　12番　①　　13番　④　　14番　③　　15番　②

16番　②　　17番　③　　18番　①　　19番　③　　20番　④

21番　②　　22番　④　　23番　④　　24番　④　　25番　④

26番　②　　27番　③　　28番　②

模擬試題-問題4

問題4-《語言表達》

目標：邊看圖，邊聽狀況說明，測驗是否能選出適
當的對話。

問題4

問題4では、絵を見ながら質問を聞いてください。やじるし
（→）の人は何と言いますか。1から3の中から、最もよいものを
一つえらんでください。

問題4-1番 MP3 4-01

解答欄　①　②　③

イラスト／山田淳子

問題4-2番 解答欄 ① ② ③

イラスト／山田淳子

解答欄 ① ② ③

イラスト／山田淳子

問題4-4番

解答欄　①　②　③

イラスト／山田淳了

イラスト／山田淳子

問題4-6番 MP3 4-06

解答欄 ① ② ③

イラスト／山田淳子

解答欄 ① ② ③

イラスト／山田淳子

問題4-8番

MP3
4-08

解答欄 ① ② ③

イラスト／山田淳子

イラスト／山田淳子

解答欄 ① ② ③

イラスト／山田淳子

イラスト／山田淳子

問題4-12番 解答欄 ① ② ③

イラスト／山田淳子

解答欄　①　　②　　③

イラスト／山田淳子

問題4-14番

解答欄 ① ② ③

イラスト／山田淳子

イラスト／山田淳子

問題4-16番 解答欄　①　②　③

イラスト／山田淳子

解答欄 ① ② ③

イラスト／山田淳子

問題4-18番

解答欄　①　②　③

イラスト／山田淳子

イラスト／山田淳子

問題4-20番 MP3 4-20

解答欄 ① ② ③

イラスト／山田淳子

MEMO

《語言表達》內文與解答
〔問題4〕

《M：男性、F：女性》

問題4

問題4-1番〔MP3 4-01〕

雨の中、外出しようとしていますが、傘がありません。
何と言いますか。

F：1　この傘をお貸ししてもいいしょうか。
　　2　この傘をお借りしてもいいでしょうか。
　　3　この傘を貸していただきませんか。

解答：②

問題4-2番〔MP3 4-02〕

山田さんが教科書を忘れました。先生は、隣の田中さん
の教科書を見るように言いたいです。山田さんに何と言
いますか

F：1　田中さんに見せてもらってください。
　　2　田中さんに見てもらってください。
　　3　田中さんに見せてあげてください。

解答：①

中　譯

雨天正要出門但沒有傘。這時要說什麼？

F：1　我可以出借這把傘嗎？
　　2　我可以借用這把傘嗎？
　　3　要不要我來請您出借這把傘？

重點解說

「貸す」=lend，借出去。「借りる」=borrow，借進來。3應改為可能形「貸していただけませんか」〈我可不可以請您出借這把傘〉。

中　譯

山田忘了帶課本。老師想叫他看隔壁田中的課本。老師要怎麼跟山田說？

F：1　請你叫田中同學讓你看。
　　2　請你叫田中同學幫你看。
　　3　請你讓田中同學看。

重點解說

「見せる」=show，給～看的意思。「もらう」指得到，「あげる」指給人。2=請你要得到田中同學的「見る」，3=請你要給田中同學「みせる」(讓他看)。

問題4-3番〔MP3 4-03〕

お客さんとの約束の時間に遅れてしまいました。何と言いますか。

F：1　お待ちになってくださいましたか。

　　2　お待ちになっていただけませんか。

　　3　お待たせして申し訳ありません。

解答：③

中　譯

跟客戶約好卻遲到了。這時要怎麼說？

F：1　您為我等候了嗎？

　　2　能請您稍候嗎？

　　3　對不起我讓您久等了。

重點解說

「お待たせする」＝「待つ」的使役形+謙讓形式。1如果沒有疑問助詞「か」的話，可以表示感謝對方的耐心等候，但也不適合用在遲到的場合。

問題4-4番〔MP3 4-04〕

タクシーの運転手に、止まる場所を伝えます。何と言いますか。

F：1　あの信号の手前で止めてもらいますか。

　　2　あの信号の手前で止めてもらえますか。

　　3　あの信号の手前で止めてあげますか。

解答：②

中　譯

要跟計程車司機說在哪裡停車。要怎麼說？

F：1　你要請他(?)在那個紅綠燈前面停車嗎？

　　2　我可以請你在那個紅綠燈前面停車嗎？

　　3　你要給他(?)在那個紅綠燈前面停車嗎？

重點解說

「もらう」是要得到的意思。要求別人幫忙時應用可能形「もらえる？」或「もらえない？」。「あげる」是給人的意思，帶有施恩的感覺。

問題4-5番〔MP3 4-05〕

いっしょに仕事をしている同僚が先に帰ろうとしています。何と言いますか。

F：1　ごくろうさまでした。
　　2　お疲れさまでした。
　　3　ありがとうございました。

解答：②

問題4-6番〔MP3 4-06〕

課長に作るように言われていた報告書を見せるときに何と言いますか。

F：1　課長、報告書ですが、これでよろしいでしょうか。
　　2　課長、報告書、拝見していただけますか。
　　3　課長、報告書、見ていただきましょうか。

解答：①

中　譯
一起工作的同事準備要先下班。這時要說什麼？
F：1　辛苦你了
　　2　您辛苦了
　　3　謝謝您
重點解說
「ご苦労様」是上對下用的，例如對完成交代任務的下屬使用。「お疲れ様」用於職場同事之間彼此慰勞。

中　譯
拿課長之前交代要做的報告給課長看，這時要怎麼說？
F：1　課長，報告書這樣可以嗎？
　　2　課長，報告書可以請您拜見一下嗎？
　　3　課長，報告書要不要我來請您看一下？
重點解說
「拜見」是「見る」的謙讓語。「～ましょうか」表示主動提議幫忙，類似「我來～好不好？」的意思。

問題4-7番〔MP3 4-07〕

誕生日を迎えた山田さんに田中さんが花束を渡しています。山田さんは何と言いますか。

F：1　え、わたしにあげるの。ありがとう。
　　2　え、わたしにくれるの。ありがとう。
　　3　え、わたしにもらえるの。ありがとう。

解答：②

問題4-8番〔MP3 4-08〕

本屋にメモにある本がありません。何と言いますか。

M：1　この本、取り寄せていただけますか。
　　2　この本、取り寄せていただきましょうか。
　　3　この本、取り寄せましょうか。

解答：①

中　譯

山田過生日，田中把花束拿給她。山田要說什麼？

F：1　咦？要給我嗎？謝謝。
　　2　咦？要給我嗎？謝謝。
　　3　咦？要跟我要嗎？謝謝。

重點解說

1「AがBにあげる」和3「AがBにもらう」的句型中，B都不能用第一人稱。此外，「AがBにくれる」的A也不能用第一人稱。

中　譯

書店裡沒有自己記下來要買的書。這時要怎麼說？

M：1　我可以請您幫忙進這本書嗎？
　　2　我來請您進這本書吧？
　　3　我來幫您進這本書吧？

重點解說

「～ましょうか」是主動提議的意思，2提議由自己「いただく」〈請求對方〉，3提議由自己「取り寄せる」〈聯絡他人把東西寄／送來〉。

問題4-9番〔MP3 4-09〕

男の人がレストランで注文しましたが、注文した物がなかなか来ません。何と言えばいいですか。

M：1　ハンバーグ、30分待ちましたけど、来ませんでしたよ。

　　2　あのう、ちょっと、ハンバーグ、早く持ってきてもいいですか。

　　3　あのう、ハンバーグを注文したんですけど、まだでしょうか。

解答：③

問題4-10番〔MP3 4-10〕

男子学生が教科書を忘れてきました。先生が隣の女子学生に教科書を一緒に見るように頼んでいます。何と言いますか。

M：1　悪いけど、教科書を見てくれる？

　　2　悪いけど、教科書を見てあげてくれる？

　　3　悪いけど、教科書を見せてあげてくれる？

解答：③

中　譯

男人在餐廳點了菜，但菜遲遲不來。這時該怎麼說？

M：1　漢堡排我等了30分鐘，結果沒來。

　　2　那個，我可以早一點拿漢堡排過來嗎？

　　3　那個，我點的漢堡排還沒好嗎？

重點解說

1的「来ませんでした」是描述過去的事，而非「還沒」來。2的「〜てもいいですか」＝「我可不可以〜」。

中　譯

男學生忘了帶課本。老師正在拜託旁邊的女生跟男生一起看課本。這時要說什麼？

M：1　不好意思，可以幫我個忙，幫我看一下課本嗎？

　　2　不好意思，可以幫我個忙，幫他看一下課本嗎？

　　3　不好意思，可以幫我個忙，讓他看一下課本嗎？

重點解說

「〜てくれる？」＝「可以幫我〜嗎？」，「〜てあげてくれる？」＝「可以幫我個忙，去給/幫(第三人)〜嗎?」。

問題4-11番〔MP3 4-11〕

ハンバーガーショップで、店員が客に店で食べるかどうか聞きます。何と言いますか。

F：1 どこでお召しになりますか。
　　2 ここでいただきますか。
　　3 こちらで召しあがりますか。

解答：③

問題4-12番〔MP3 4-12〕

空の月を見ています。何と言いますか。

F：1 あ、きれいな月が見られますよ。
　　2 あ、きれいな月が出ますよ。
　　3 あ、きれいな月が出ていますよ。

解答：③

中　譯
漢堡店裡，店員要問客人是否要在店內用餐。這時要怎麼說？
F：1 請問您要在哪裡穿？
　　2 我要在這裡吃嗎？
　　3 您要在這裡用餐嗎？
重點解說
「お召しになる」是「着る」的尊敬語，「いただく」是「食べる」「飲む」的謙讓語，只用於己方，「召し上がる」是「食べる」「飲む」的尊敬語。

中　譯
正看著天上的月亮，這時要說什麼？
F：1 啊，可以看到很美的月亮哦。
　　2 啊，會出現很美的月亮哦。
　　3 啊，有很美的月亮哦。
重點解說
「見られる」=「見ることができる」，表示能力或條件符合，可以看到。「出る」表示會出現，但還沒有。「出ている」表示處於出現的狀態。

問題4-13番〔MP3 4-13〕

お客_{きゃく}さんに、書類_{しょるい}に名前_{なまえ}を書_かくように伝_{つた}えます。何_{なん}と言_いいますか。

F：1　ここにお名前_{なまえ}をお書_かきください。

　　2　ここにお名前_{なまえ}を書_かいてもいいですか。

　　3　ここにお名前_{なまえ}を書_かくことができますか。

解答：①

問題4-14番〔MP3 4-14〕

男性_{だんせい}が女性秘書_{じょせいひしょ}に用事_{ようじ}を頼_{たの}んでいます。男性_{だんせい}は何_{なん}と言_いっていますか。

M：1　会議_{かいぎ}の時間_{じかん}を、みんなに伝_{つた}えてもらいますか。

　　2　会議_{かいぎ}の時間_{じかん}を、みんなに伝_{つた}わってもらえますか。

　　3　会議_{かいぎ}の時間_{じかん}を、みんなに伝_{つた}えてもらえますか。

解答：③

中　譯

要請客人在文件上寫名字。這時要怎麼說？

F：1　請您在這裡寫您的大名。

　　2　我可以在這裡寫您的大名嗎？

　　3　這裡能夠寫您的大名嗎？

重點解說

「お書きください」是「書いてください」的尊敬語，2「～てもいいですか」主語是「私」，3問的是主客觀條件(能力、膽量、規定等)是否符合。

中　譯

男人對女祕書交代任務。男人在說什麼？

M：1　妳要請人家通知大家開會的時間嗎？

　　2　我可以請妳傳達到大家開會的時間嗎？

　　3　我可以請妳通知大家開會的時間嗎？

重點解說

「伝える」是他動詞，「会議の時間を伝える」指傳達開會的時間，「伝わる」是自動詞，「会議の時間が伝わる」指開會的時間傳出去。

問題4-15番〔MP3 4-15〕

女の人が昨日買った服を取り替えてもらうように店員に頼んでいます。何と言いますか。

F：1　あの、これ、ちょっと小さいので取り替えてあげますか。

　　2　あの、これ、ちょっと小さいので取り替えましょうか。

　　3　あの、これ、ちょっと小さいので取り替えていただけませんか。

解答：③

問題4-16番〔MP3 4-16〕

男の人が仕事に遅れてきた理由を言っています。何と言えばいいですか。

M：1　遅くなって、すみません。事故で電車が遅れたですから。

　　2　遅くなって、すみません。事故で電車が遅れたんですから。

　　3　遅くなって、すみません。事故で電車が遅れたものですから。

解答：③

中　譯

女人正在拜託店員，希望店員幫她把昨天買的衣服換一件。她要怎麼說？

F：1　呃，這件有點太小了，妳會幫她換一件嗎？

　　2　呃，這件有點太小了，我幫妳換一件吧？

　　3　呃，這件有點太小了，可以請您幫我換一件嗎？

重點解說

這裡的「～てあげますか」是問「妳要不要幫別人～？」。「～ましょうか」是主動提議「要不要我幫妳～？」。

中　譯

男人正在解釋他為什麼上班遲到。這時該怎麼說？

M：1　對不起我遲到了。因為電車發生事故誤點了。

　　2　對不起我遲到了。您也知道電車發生事故誤點了。

　　3　對不起我遲到了。因為電車發生事故誤點了。

重點解說

1動詞普通形必須加「の」才能接「です」。2「～のですから」的「～」須為談話雙方都知道的事。

問題4-17番〔MP3 4-17〕

男の人が交番で中央病院までの道を聞いています。何と言えばいいですか。

M：1 すみません。中央病院はどこに行きますか。
2 すみません。中央病院はどう行ってもいいですか。
3 すみません。中央病院にはどう行けばいいですか。

解答：③

問題4-18番〔MP3 4-18〕

会社で、同僚を誘います。何と言いますか。

M：1 今日、田中さんの歓迎会をするんですけど、いっしょに行きせんか。
2 今日、田中さんの歓迎会をするんですけど、いっしょに行きたいですか。
3 今日、田中さんの歓迎会をするんですけど、いっしょに行ってもいいですか。

解答：①

中 譯

男人在派出所問怎麼去中央醫院。這時該怎麼說？

M：1 不好意思，請問中央醫院它要去哪裡？
2 不好意思，請問中央醫院怎麼去都可以嗎？
3 不好意思，請問中央醫院要怎麼去？

重點解說

「～ばいいですか」用來表示請對方提供建議。

中 譯

在公司裡要對同事提出邀請。這時要怎麼說？

M：1 今天我們要辦田中的歡迎會，你要不要一起去？
2 今天我們要辦田中的歡迎會，你想一起去嗎？
3 今天我們要辦田中的歡迎會，我可以一起去嗎？

重點解說

「～ませんか」表示邀請。「～たいですか」單純詢問對方的希望，沒有邀請的意思。「～てもいいですか」主語是「私」。

問題4-19番〔MP3 4-19〕

課長が、家に帰ろうとしています。何と言いますか。

M：1　あ、課長、今お帰りですか。ちょっとだけ時間、
　　　　いいでしょうか。
　　2　あ、課長、今お帰りになっていますか。ちょっと
　　　　だけ時間、いいでしょうか。
　　3　あ、課長、今お帰りくださいますか。ちょっとだ
　　　　け時間、いいでしょうか。

解答：①

問題4-20番〔MP3 4-20〕

空の雲を見ています。何と言いますか。

F：1　あの黒い雲、見て。今日はやまないそうね。
　　2　あの黒い雲、見て。今日はやむようじゃないわ
　　　　ね。
　　3　あの黒い雲、見て。今日はやみそうもないわね。

解答：③

中 譯
課長正準備要回家。這時要怎麼說？
M：1　啊，課長，您現在要回家啦？可以佔用您一點點時間嗎？
　　2　啊，課長，您現在已經在回家的路上啦？可以佔用您一點點時間嗎？
　　3　啊，課長，可以請您現在回家嗎？可以佔用您一點點時間嗎？
重點解說
「お帰りになっている」是「帰っている」的尊敬形式，指處於回家的狀態，有「今」表示在回家的路上，如果沒有「今」，也可能指已經到家了。

中 譯
看著天上的雲。這時要說什麼？
F：1　妳看那烏雲。聽說今天雨不會停。
　　2　妳看那烏雲。今天雨不似乎會停。
　　3　妳看那烏雲。看來今天雨不會停。
重點解說
表示推測的「ようだ」沒有否定形，要表達「雨似乎不會停」要說「やまないようだ」。

■問題4

1番 ②	2番 ①	3番 ③	4番 ②	5番 ②
6番 ①	7番 ②	8番 ①	9番 ③	10番 ③
11番 ③	12番 ③	13番 ①	14番 ③	15番 ③
16番 ③	17番 ③	18番 ①	19番 ①	20番 ③

模擬試題-問題5

問題5-《即時應答》

目標：聽提問等簡短對話，測驗是否能選出適當的
應答。

問題5

問題5では、問題用紙に何もいんさつされていません。まず文を聞いてください。それから、そのへんじを聞いて、1から3の中から、もっともよいものを一つえらんでください。

問題5-1番 MP3 5-01　　　解答欄　①　②　③

－メモ－

問題5-2番 MP3 5-02　　　解答欄　①　②　③

－メモ－

156

問題5-3番

解答欄 ① ② ③

－メモ－

問題5-4番

解答欄 ① ② ③

－メモ－

問題5-5番

解答欄 ① ② ③

－メモ－

問題5-6番 MP3 5-06   解答欄 ① ② ③

－メモ－

問題5-7番 MP3 5-07   解答欄 ① ② ③

－メモ－

問題5-8番 MP3 5-08   解答欄 ① ② ③

－メモ－

問題5-9番　

解答欄　①　②　③

－メモ－

問題5-10番　

解答欄　①　②　③

－メモ－

問題5-11番　

解答欄　①　②　③

－メモ－

問題5-12番　MP3 5-12　　解答欄　① ② ③

－メモ－

 問題5-13番　MP3 5-13　　解答欄　① ② ③

－メモ－

 問題5-14番　MP3 5-14　　解答欄　① ② ③

－メモ－

問題5-15番

解答欄 ① ② ③

－メモ－

問題5-16番

解答欄 ① ② ③

－メモ－

問題5-17番

解答欄 ① ② ③

－メモ－

問題5-18番

解答欄 ① ② ③

－メ モ－

問題5-19番

解答欄 ① ② ③

－メ モ－

問題5-20番

解答欄 ① ② ③

－メ モ－

問題5-21番 　解答欄　① ② ③

－メモ－

問題5-22番 　解答欄　① ② ③

－メモ－

問題5-23番 　解答欄　① ② ③

－メモ－

問題5-24番

解答欄　①　②　③

－メモ－

問題5-25番

解答欄　①　②　③

－メモ－

問題5-26番

解答欄　①　②　③

－メモ－

問題5-27番

解答欄　①　②　③

－メモ－

問題5-28番

解答欄　①　②　③

－メモ－

問題5-29番

解答欄　①　②　③

－メモ－

問題5-30番 解答欄 ① ② ③

－メモ－

問題5-31番 解答欄 ① ② ③

－メモ－

問題5-32番 解答欄 ① ② ③

－メモ－

問題5-33番

解答欄　①　②　③

－メモ－

問題5-34番

解答欄　①　②　③

－メモ－

問題5-35番

解答欄　①　②　③

－メモ－

問題5-36番 　解答欄 　① 　② 　③

－メモ－

 問題5-37番 　解答欄 　① 　② 　③

－メモ－

 問題5-38番 　解答欄 　① 　② 　③

－メモ－

問題5-39番 　　解答欄　① 　② 　③

－メモ－

問題5-40番 　　解答欄　① 　② 　③

－メモ－

問題5-41番 　　解答欄　① 　② 　③

－メモ－

問題5-42番 　解答欄　① 　② 　③

－メモ－

問題5-43番 　解答欄　① 　② 　③

－メモ－

問題5-44番 　解答欄　① 　② 　③

－メモ－

問題5-45番 | 解答欄 | ① ② ③ |

－メモ－

問題5-46番 | 解答欄 | ① ② ③ |

－メモ－

問題5-47番 | 解答欄 | ① ② ③ |

－メモ－

問題5-48番 ｜解答欄　①　②　③｜

－メモ－

問題5-49番 ｜解答欄　①　②　③｜

－メモ－

問題5-50番 ｜解答欄　①　②　③｜

－メモ－

《即時應答》內文與解答
〔問題5〕

《M：男性、F：女性》

問題5

問題5-1番〔MP3 5-01〕

M：あの、ちょっとすみません。近くの駅へ行きたいんですが……。

F：1　近くの駅は「西東京駅」なんです。

2　どうして行きたいんですか。

3　私も行きますから、いっしょに行きましょう。

解答：③

中　譯

M：呃，不好意思打擾一下。我想去附近的車站……。

F：1　附近的車站是「西東京站」。

2　你為什麼會想去呢？

3　我也要去，一起走吧。

重點解說

「〜たいんですが」表示委婉地提出需求，後面的「道を教えてくださいませんか」〈可以告訴我怎麼走嗎？〉不言而喻，所以往往會省略。

問題5-2番〔MP3 5-02〕

F：昨日会議に出てなかったじゃない。どうしたの？

M：1　あの会議、いろんな意見が出ましたね。

2　急に取引先に行くことになったんです。

3　部長に会議に出るように言われて出たんです。

解答：②

中　譯

F：你昨天沒來開對不對？怎麼回事？

M：1　那場會議大家提出了很多看法。

2　因為臨時要去廠商那裡。

3　部長叫我去開會所以我就去了。

重點解說

「〜じゃない？」表示要求對方同意自己所言，類似中文的「不是嗎」「是吧」。「〜んです」可表示說明情況、原因。

問題5-3番〔MP3 5-03〕

F：すみません、ちょっといいですか。

M：1　いえ、大丈夫です。

　　2　そんなに気にしなくてもいいですよ。

　　3　はい、何でしょうか。

解答：③

中　譯

F：不好意思，可以請問一下嗎？

M：1　不會，我不要緊。

　　2　妳大可不必那麼介意。

　　3　好的，什麼事？

重點解說

「ちょっといいですか」意思是想請對方給自己一點時間(回答問題或提供協助)。

問題5-4番〔MP3 5-04〕

M：え、旅行、行けなくなったんですか。

F：1　いえ、行けないんです。

　　2　ええ、そうなんです。

　　3　ええ、行きますよ。

解答：②

中　譯

M：什麼，妳不能去旅行了？

F：1　不，我不能去。

　　2　嗯，就是啊。

　　3　是啊，我會去啊。

重點解說

「～んですか」用於要求對方確認～的真偽，類似中文「是這樣的嗎？」。同意～的內容要回答Yes，否認則答No。

問題5-5番〔MP3 5-05〕

F：これ、難しそうじゃない。

M：1　いや、それほどでもないよ。

　　2　だれがそう言ったの？

　　3　うん、難しくなかったよ。

解答：①

中　譯

F：這看起來好難啊。

M：1　不，也沒那麼難。

　　2　是誰這麼說的？

　　3　對，不難啊。

重點解說

「～じゃない？」是希望對方同意自己的看法～，在這裡就是「看起來很難」，所以如果不覺得難，回答時要答No。

問題5-6番〔MP3 5-06〕

F：すみません、近くの駅へ行きたいんですが。

M：1 どうぞ、行ってください。

　　2 まっすぐ行くと右にありますよ。

　　3 そうなんですか。

解答：②

中　譯

F：不好意思，我想去附近的車站。

M：1 請走吧。

　　2 往前走就在右手邊。

　　3 原來如此。

重點解說

「近くの駅へ行きたいんですが」省略了後面「道を教えていただけませんか」〈可以麻煩您告訴我怎麼走嗎？〉之類的請求。

問題5-7番〔MP3 5-07〕

M：お父さんのどこが好きですか。

F：1 やさしいところです。

　　2 自分の部屋みたいです。

　　3 遊んでくれるからです。

解答：①

中　譯

M：妳喜歡爸爸的哪一點？

F：1 心地善良這一點。

　　2 就像自己的房間一樣。

　　3 因為會陪我玩。

重點解說

問的是「どこが好きですか」，所以回答時會針對「どこ」來答「～ところです」。

問題5-8番〔MP3 5-08〕

F：このお菓子、どうやって食べるんですか。

M：1 ええ、食べてください。

　　2 少し温めるとおいしいです。

　　3 もうおいしくなりましたよ。

解答：②

中　譯

F：這點心要怎麼吃？

M：1 對，請妳吃。

　　2 熱一下就很好吃。

　　3 已經變好吃了。

重點解說

「どうやって」意思是「如何～」「怎麼～」，所以問的是食用方式。

問題5-9番〔MP3 5-09〕

F：今朝、新聞を読んでいたら、おもしろい記事を見つけたんです。

M：1 新聞、読みましたよ。
　　2 本当におもしろいですね。
　　3 へえ、どんな記事ですか。

解答：③

問題5-10番〔MP3 5-10〕

M：君って出身は東京じゃないよね。

F：1 うん。九州よ。
　　2 うん。東京よ。
　　3 そうかもしれない。

解答：①

問題5-11番〔MP3 5-11〕

F：昨日の雨はすごかったですね。

M：1 へえー、そんなに大変なんですか。
　　2 本当に。私はびしょびしょになってしまいました。
　　3 ええ、今、かなり降ってますよ。

解答：②

中 譯

F：我今天早上看報紙的時候，看到一則很有趣的報導。
M：1 報紙我看過了。
　　2 真的很有趣欸。
　　3 哦，是什麼報導？

重點解說

「新聞を読んでいたら」指看報紙時，(意外)看到一則有趣的報導，之後才會提報導的內容。

中 譯

M：妳不是東京人對不對？
F：1 對，我九州人。
　　2 對，我東京人。
　　3 或許吧。

重點解說

終助詞「〜よね」表示向對方確認，並期望對方會同意〜。類似中文的「〜，是這樣沒錯吧」。同意回Yes，不同意則回No。

中 譯

F：昨天的雨有夠誇張的，你說是不是？
M：1 哦？那麼嚴重啊？
　　2 真的欸。我都淋成落湯雞了。
　　3 對啊，現在雨滿大的哦。

重點解說

終助詞「ね」在此表示希望對方肯定自己所言，代表對方也知道昨天下雨的事。

問題5-12番〔MP3 5-12〕

M：いよいよ明日（あした）から社会人（しゃかいじん）だね。

F：1　はい、がんばります。

　　2　あ、がんばってください。

　　3　はい、ありがとうございます。

解答：①

中　譯

M：妳明天起終於要踏入社會了(是吧)。

F：1　是的，我會好好加油。

　　2　啊，請好好加油。

　　3　是的，謝謝您。

重點解說

終助詞「ね」代表跟對方確認，並希望得到肯定的回答。所以如果這句話的主語是「我」，句尾就不會出現「ね」。

問題5-13番〔MP3 5-13〕

F：山田（やまだ）さん、遅（おそ）いですね。どうしたんでしょう。

M：1　いえ、大丈夫（だいじょうぶ）でしたよ。

　　2　遅（おく）れないでくださいね。

　　3　何（なに）かあったのかもしれませんね。

解答：③

中　譯

F：山田好慢啊。是怎麼回事啊？

M：1　不會，沒問題啊。

　　2　請不要遲到。

　　3　說不定是碰到了什麼事。

重點解說

「どうしたんでしょう」表示對山田還沒到的原因感到納悶。

問題5-14番〔MP3 5-14〕

M：これ、2部（ぶ）ずつコピーしてくれない？

F：1　いえ、いただきます。

　　2　はい、わかりました。

　　3　あ、そうですか。

解答：②

中　譯

M：妳可以幫我把這各印2份嗎？

F：1　不，我要喝。

　　2　好的。

　　3　喔，是這樣啊。

重點解說

「～てくれない？」指「可不可以幫我～」，表示請託。「いただく」是「食べる/飲む/もらう」的謙讓語。「あ、そうですか」表示自己懂了、明白了。

問題5-15番〔MP3 5-15〕

M：明日は少し早めに来てくれないかなあ。

F：1　はい、来てもらいます。

　　2　それは大変ですね。

　　3　はい、わかりました。

解答：③

問題5-16番〔MP3 5-16〕

F：う～ん、どうしようかな。もう少し考えさせてください。

M：1　では、お返事をお待ちしております。

　　2　考えればわかりますよ。

　　3　考えなくてもいいですよ。

解答：①

問題5-17番〔MP3 5-17〕

M：すみません、食べ終わった食器は、どこに返せばいいんでしょうか。

F：1　はい、返してください。

　　2　あ、そこですよ。

　　3　あ、どれでもいいですよ。

解答：②

中　譯

M：明天妳可不可以早一點來？

F：1　好的，我會叫他來。

　　2　那可真不容易。

　　3　好的。

重點解說

「Vないかなあ」代表期望，這裡是希望對方能答應請託，明天早點來。「それは大変ですね」是同意對方所說的事的確很辛苦，代表同情慰問。

中　譯

F：唔～，我該怎麼辦呢？請容我再想一想。

M：1　那麼就等您的回音了。

　　2　想一想就會懂的。

　　3　不必想了。

重點解說

「考えさせてください」意思是請您讓我考慮，也就是我需要考慮(的時間)。

中　譯

M：不好意思，請問吃完的餐具要拿去哪裡歸還？

F：1　是的，請歸還。

　　2　喔，就是那裡。

　　3　喔，哪一個都可以。

重點解說

問的是「どこ」，所以回答應該是「ここ/そこ/あそこ」之一。「どれ」意思是特定範圍內的其中一個。

問題5-18番〔MP3 5-18〕

F：あ、私もう帰らないと。

M：1　え、帰らないの？
　　2　何時に帰るの？
　　3　あ、僕も帰るよ。

解答：③

F：啊，我得回家了。

M：1　咦？妳不回去嗎？
　　2　妳幾點要回去？
　　3　喔，我也要回去了。

重點解說

「帰らないと」後面省略了「いけない」，意思是不回家不行。前面有「もう」，所以整句是指現在已經到了我必須回家的時間。

問題5-19番〔MP3 5-19〕

M：その資料、取ってもらえる？

F：1　はい、どうぞ。
　　2　いつですか？
　　3　もらいましたよ。

解答：①

中　譯

M：可以幫我拿那個資料嗎？

F：1　好的，這是您要的資料。
　　2　什麼時候？
　　3　我拿了啊。

重點解說

把東西遞給對方時，一般說：「はい、どうぞ」、「はい、これです」，類似英語的Here you are.或Here it is.

問題5-20番〔MP3 5-20〕

F：今月の営業成績がどのくらいだったか、知ってる？

M：1　もう終わったんじゃないかな。
　　2　田中さんに聞いてみれば。
　　3　今、しているところだよ。

解答：②

中　譯

F：你知道這個月的業績多少嗎？

M：1　已經結束了吧？
　　2　妳去問問田中吧。
　　3　現在正在做欸。

重點解說

「どのくらいだったか」用過去式代表業績已經統計出來了。「聞いてみれば」是「聞いてみればいいですよ」之類的省略形式，用來表示建議。

問題5-21番〔MP3 5-21〕

F：私でよければお手伝いしますけど。

M：1　ええ、いいですよ。

　　2　そうですか。すみません。

　　3　いや～、そんなこと、ないですよ。

解答：②

中　譯

F：您不嫌棄的話，我來幫您的忙吧。

M：1　好啊，可以啊。

　　2　是嗎？不好意思那就麻煩您了。

　　3　不不不，沒這回事。

重點解說

「私でよければ」意思是「如果(您認為)我可以(勝任)的話」。「いいですよ」是告知對方「可以」，代表許可、同意。3通常用在出於自謙而否認別人的誇獎。

問題5-22番〔MP3 5-22〕

M：あの映画、もう見た？ 土曜までだよ。

F：1　うんん、まだ見てない。

　　2　面白いけど、見なかった。

　　3　土曜はいそがしいなあ。

解答：①

中　譯

M：妳去看那部電影了嗎？上映到星期六哦。

F：1　沒，我還沒看。

　　2　滿好看的，不過我沒看。

　　3　星期六好忙喔。

重點解說

M提醒檔期到週六，可知仍在上映中，2用過去式「見なかった」不恰當。且沒看過不會斷言「面白い」。3不適當是因為M並未建議週六(最後一天)去看。

問題5-23番〔MP3 5-23〕

F：恐れ入りますが、こちらでお待ちいただけますか。

M：1　いえ、けっこうです。

　　2　何をさしあげましょうか。

　　3　はい。わかりました。

解答：③

中　譯

F：不好意思，可以請您在這裡稍候嗎？

M：1　不，不必了。

　　2　我要送什麼好呢？

　　3　好的。

重點解說

ナ形容詞「けっこう」在此指(現在這樣就)很好、足夠了，用來婉拒對方的提議。「わかりました」指我瞭解了、知道了，表示答應。

問題5-24番〔MP3 5-24〕

M：田中さん、遅いですね。来ないはずはないんだけど。

F：1 ええ、遅れるはずはないですよ。
　　2 電車が遅れているのかもしれませんね。
　　3 きのうも来ていましたからね。

解答：②

問題5-25番〔MP3 5-25〕

F：旅行、楽しみにしてたのに……行けなかったのよ。

M：1 いや、楽しみにしてたよ。
　　2 え、行ってもよかったのに。
　　3 え、いったいどうしたの。

解答：③

問題5-26番〔MP3 5-26〕

M：あっ、いけない。今日、約束があったんだ。

F：1 今からで間に合うの？
　　2 えっ、いけないの？
　　3 いけなくないから大丈夫よ。

解答：①

中 譯

M：田中也太慢了吧。不過照理說他不可能不來。

F：1 是啊，他不可能遲到啊。
　　2 說不定是電車誤點了。
　　3 因為他昨天也有來的關係吧。

重點解說

「～はずはない」意思是照理說不會有～的情況。M的話中可知田中已經遲到了。2的終助詞「の」表示說明理由，這句話是在猜測田中還沒出現的原因。

中 譯

F：本來很期待去旅行的……結果去不成了。

M：1 不，本來是很期待的。
　　2 什麼？妳當時應該去的。
　　3 什麼？到底是怎麼了？

重點解說

「のに」表示結果與預期不同，帶有意外、遺憾、婉惜之意。「～て(も)よかったのに」是以遺憾的語氣表示本來～就好了，偏偏沒有～。當時應該～。

中 譯

M：啊，糟糕。我今天跟人有約。

F：1 現在去來得及嗎？
　　2 咦？不行嗎？
　　3 不是不行所以沒關係啦。

重點解說

「いけない」包含不妙、不好、不可以等含意。「約束があった」指發現/想起來原來有約。

問題5-27番〔MP3 5-27〕

M：このパソコンを使わせていただけないでしょうか。

F：1 すみません、お願いします。

2 いいですよ、どうぞ。

3 はい、どうもありがとうございました。

解答：②

問題5-28番〔MP3 5-28〕

F：雨が降りそうよ。

M：1 うん、ザーザー降ってるね。

2 だれがそう言ってたの？

3 じゃ、早く帰らないと。

解答：③

問題5-29番〔MP3 5-29〕

F：郵便局、確かこの辺だったと思うんだけど……。

M：1 本当にそうだよね。

2 へえ、そんなことがあったのか。

3 あ、ほら、あそこの角にあるよ。

解答：③

中 譯
M：可以讓我用這台電腦嗎？

F：1 不好意思，麻煩你了。

2 可以啊，請用。

3 好的，謝謝您。

重點解說
「使わせていただけないでしょうか」意思是「我能不能得到使用的許可」跟「使ってもいいですか」意思一樣，但禮貌許多。

中 譯
F：好像要下雨了欸。

M：1 對啊，雨勢好大啊。

2 這話是誰說的？

3 那得快點回家了。

重點解說
「降りそう」表示樣態「好像會下雨」，「降るそう」表示傳聞「聽說會下雨」。

中 譯
F：我記得郵局應該在這一帶才對呀……。

M：1 真的是這樣欸。

2 哦，原來發生過這種事。

3 啊，妳看，在那個轉角。

重點解說
副詞「確か」指依據自己的經驗或記憶來判斷應該沒錯，句尾加代表轉折的「けど」，暗示也有可能記錯了。「そうだよね」表示贊同對方所言。

問題5-30番〔MP3 5-30〕

M：「おもてなし」って、どういうことですか。

F：1　お客さまを温かく迎えて世話をすることです。

　　2　お客さまは温かくお迎えしましょう。

　　3　お客さまをどうやって迎えましょうか。

解答：①

中　譯

M：所謂的「款待」是指什麼？

F：1　盛情迎接並照料客人。

　　2　客人我們要盛情迎接。

　　3　我們要怎麼迎接客人？

重點解說

問句「～ってどういうことです
か」詢問～的定義，解釋時通常會
答「～ことです」。

問題5-31番〔MP3 5-31〕

F：すみません。お待たせしました。

M：1　いえ、待たせませんでしたよ。

　　2　いえ、私も今来たところです。

　　3　いえ、お待ちになりませんでした。

解答：②

中　譯

F：不好意思，讓您久等了。

M：1　不，沒讓人久等。

　　2　不會，我也剛到。

　　3　不，您沒久等。

重點解說

「お待たせする」是謙讓句，主語
是自己。1「待たせなかった」指沒
有遲到。2「～たところ」指剛剛才
～。3「お待ちになる」是尊敬句，
主語是對方。

問題5-32番〔MP3 5-32〕

M：このプロジェクト、中止の話があるようですけ
　　ど、ここまでやったからには……。

F：1　そうですね、中止にしましょう。

　　2　そうですね、最後までやりましょう。

　　3　いいえ、最後までやりましょう。

解答：②

中　譯

M：這個計劃好像有人說要中止，
　　可是既然都做到這裡了……。

F：1　是啊，把它停了吧。

　　2　是啊，把它做完吧。

　　3　不，把它做完吧。

重點解說

「～からには…」意思是既然～就
應該…。所以贊成把它做完要說
Yes，反對把它做完要說No。

問題5-33番〔MP3 5-33〕

F：昨日のこと、本当に悪かったと思っています。

M：1　いいえ、私の方こそすみませんでした。

　　2　悪かったから直せばよかったですね。

　　3　大丈夫、良くなりましたよ。

解答：①

中 譯

F：昨天真抱歉，是我不對。

M：1　不，我才是不好意思，對不起啊。

　　2　是妳不對，所以知錯能改就好了。

　　3　沒關係，已經變好了。

重點解說

「悪い」也指對不好的結果有責任，用來對平輩或晚輩表達輕微的歉意。

問題5-34番〔MP3 5-34〕

M：この映画、昔見たっけ？

F：1　じゃあ、これから見に行く？

　　2　そう、昔の映画ね。

　　3　え！忘れたの？

解答：③

中 譯

M：這部電影，我以前是不是看過啊？

F：1　所以你現在要去看嗎？

　　2　對，老電影了。

　　3　天啊！你忘了嗎？

重點解說

「っけ」在這裡是要跟對方確認自己不太記得、不太確定的事。

問題5-35番〔MP3 5-35〕

M：入院していたって聞いたけど、もう大丈夫？

F：1　ああ、そうですね。

　　2　ええ、おかげさまで。

　　3　はい、よく聞こえました。

解答：②

中 譯

M：聽說妳住院過，現在都好了嗎？

F：1　喔，你說得是。

　　2　是啊，托你的福。

　　3　是的，我聽得很清楚。

重點解說

1「そうですね」表示贊同對方所說的話。2「おかげさまで」是對M的關心表達感謝。

問題5-36番〔MP3 5-36〕

F：この雨、やみそうもないですね。

M：1　今日は夜まで降るそうですよ。

　　2　あしたも降りそうもありません。

　　3　じゃ、やんだら出かけましょう。

解答：①

中　譯

F：這雨看來還會下好一陣子。

M：1　聽說今天會下到晚上哦。

　　2　明天也不像是會下雨的樣子。

　　3　那雨停了我們就出門吧。

重點解說

「やみそうもない」是「やむ」＋樣態助動詞「そうだ」的否定形，意思是看起來沒有要停的跡象。

問題5-37番〔MP3 5-37〕

M：待ち合わせは、どうしましょうか。

F：1　少し待っていてください。

　　2　お待たせするかもしれません。

　　3　改札口でどうでしょうか。

解答：③

中　譯

M：要約在哪裡碰面？

F：1　請你稍等一下。

　　2　我可能會讓你等一會兒。

　　3　在驗票口好不好？

重點解說

「待ち合わせ」指在約好的時間和地點與人見面。

問題5-38番〔MP3 5-38〕

M：車はどこに止めればいいでしょうか。

F：1　どうぞ止めてください。

　　2　あそこには止めないほうがいいですよ。

　　3　あちらの駐車場にお願いします。

解答：③

中　譯

M：我車要停哪裡才好？

F：1　請停下來。

　　2　最好別停那裡。

　　3　麻煩停到那邊的停車場。

重點解說

M問的是要停哪裡，並不是問可不可以停那裡。3全句是「あちらの駐車場に(止めるように)お願いします」。

問題5-39番〔MP3 5-39〕

F：すみません。これ、見せていただいてもよろしい
　　ですか。

M：1　何を見せますか。

　　2　あ、どうぞご覧ください。

　　3　はい、見せてください。

解答：②

問題5-40番〔MP3 5-40〕

M：そんなに心配しなくても、大丈夫ですよ。

F：1　でも、やっぱり心配なんです。

　　2　大丈夫だとは思いませんでした。

　　3　心配しなくて、よかったです。

解答：①

問題5-41番〔MP3 5-41〕

F：忙しそうですね。

M：1　いいえ、忙しいんです。

　　2　ええ、見てくださいよ、この書類！

　　3　そうですか、大変ですね。

解答：②

F：不好意思。這個可以給我看嗎？

M：1　要給我看什麼？

　　2　喔，請便。

　　3　好的，請給我看。

重點解說

「見せていただいてもよろしいですか」意思等於「見てもいいですか」，但鄭重多了。「ご覧ください」是「見てください」的尊敬形。

中 譯
M：不必那麼擔心，沒問題的。

F：1　可是還是會擔心。

　　2　我當時就不認為沒問題。

　　3　還好當時我不必擔心。

重點解說

「心配しなくてよかった」是「心配しなくていい」〈不必擔心〉的過去式。「よかった」還帶有慶幸、欣慰的意思。

中 譯
F：你好像很忙喔。

M：1　不，我很忙的。

　　2　是啊，妳看看這堆文件！

　　3　這樣啊，好辛苦喔。

重點解說

「そうですか、大変ですね」表示同情、安慰。

問題5-42番〔MP3 5-42〕

M：ちょっと、ここに来てもらえる？

F：1　はい、来ます。

　　2　はい、今すぐに。

　　3　はい、もらえました。

解答：②

問題5-43番〔MP3 5-43〕

F：この問題の答えは、田中さんじゃないとわからないんじゃないかな。

M：1　うん、田中さんにもわからないね。

　　2　うん、田中さんだけ、わかってないんだよね。

　　3　うん、田中さんしかわからないね。

解答：③

問題5-44番〔MP3 5-44〕

M：あの、30分も待ってるんですが、まだですか。

F：1　あ、お待ちしております。

　　2　あ、お待たせしております。

　　3　あ、待たせられております。

解答：②

中　譯

M：妳可以過來一下嗎？

F：1　好的，我會來。

　　2　好的，我立刻過去。

　　3　好的，我成功拿到了。

重點解說

針對「来てもらえる？」的問句，如果回答要用動詞，也該用「行きます」，而不是「来ます」。

中　譯

F：這問題的答案，除了田中之外誰也不知道，不是嗎？

M：1　對，田中也不知道吧。

　　2　對，只有田中還搞不明白。

　　3　對，只有田中知道。

重點解說

「～んじゃないか」〈～，不是嗎？〉表示希望對方贊成自己的看法。「田中さんじゃないとわからない」意思是「不是田中就不知道」＝「只有田中知道」。

中　譯

M：請問，我已經等30分鐘了，還沒好嗎？

F：1　啊，我們殷切等候著。

　　2　啊，很抱歉可能還要請您再等一下。

　　3　啊，我被晾在這裡等著。

重點解說

1指我們處於等候的狀態，代表很期待。2指我們現在處於讓您等候的狀態，代表等候尚未結束。3是使役被動句，指處於非出於自願，不得不等的狀態。

問題5-45番〔MP3 5-45〕

F：コピー、しておきました。

M：1　え、何を置いたの？

　　2　あ、どうもありがとう。

　　3　誰がしたんだろうね。

解答：②

F：我已經先影印好了。

M：1　咦？妳擺了什麼？

　　2　喔，謝謝。

　　3　是誰做的呢？

重點解說

「～ておく」表示為了某個目的，事先～作為準備，或是先～以備不時之需。

問題5-46番〔MP3 5-46〕

M：今日は、勉強しないと。

F：1　どうしてしないの？

　　2　勉強のほかに何をしないの？

　　3　明日、試験だからね。

解答：③

中　譯

M：今天得好好讀書了。

F：1　為什麼不讀書呢？

　　2　除了讀書之外，你還不做什麼？

　　3　因為明天要考試對不對？

重點解說

「勉強しないと」省略了後面的「いけない」，意思是「不讀書不行」。

問題5-47番〔MP3 5-47〕

M：あれ、山田さん、今日から出張じゃなかったんですか。

F：1　え、出張だったんですか。

　　2　一日のびて、明日からになったんです。

　　3　ええ、出張じゃなかったんですよ。

解答：②

中　譯

M：咦？山田小姐，妳不是今天開始出差的嗎？

F：1　哦，原來是出差啊。

　　2　延了一天，變成明天開始。

　　3　是啊，不是出差哦。

重點解說

M問句中的助動詞「た」表示要跟對方確認，1的「た」表示發現，2的「た」表示完了「變成了」，4的「た」指過去「當時不是出差」。

問題5-48番〔MP3 5-48〕

F：あ～あ、何かおもしろいこと、ないかなあ。

M：1　本当におもしろくなかったね。

　　2　本当におもしろそうだったんじゃない。

　　3　じゃ、映画でも見に行ったら？

解答：③

中 譯

F：唉～，有沒有什麼好玩的啊？

M：1　真的很沒意思欸。

　　2　當時真的看起來很好玩不
　　　　是嗎？

　　3　要不妳去看場電影？

重點解說

M問有沒有什麼好玩的，是在尋求建議。「～たら」是「～たらどう？」的省略形式，用來表示建議。

問題5-49番〔MP3 5-49〕

M：彼に頼めば、きっとやってくれるよ。

F：1　そうね。頼んでみましょうか。

　　2　やってあげれば喜ぶわね。

　　3　彼、引き受けてくれたのね。

解答：①

中 譯

M：只要拜託他，他一定肯幫忙的。

F：1　對啊，去拜託看看好了。

　　2　幫他做，他會很高興吧。

　　3　他答應了對不對？

重點解說

「やってくれる」指「他會幫妳/我們做」，「やってあげる」指「妳/我們幫他做」，「引き受けてくれる」指「他願意接受(這項工作)」。

問題5-50番〔MP3 5-50〕

F：あ、どうも。ごぶさたしました。

M：1　いえ、そんなことはありません。

　　2　あ、そんなにごぶさたなんですか。

　　3　いや、こちらこそ。お元気でしたか。

解答：③

中 譯

F：啊，您好。好久不見，不好意
　　思一直都沒跟您聯絡。

M：1　不，沒這回事。

　　2　喔，我有這麼久沒跟您聯
　　　　絡了嗎？

　　3　不，是我疏於聯絡。您近
　　　　來可好？

重點解說

「ごぶさた」指長時間沒有拜訪或聯絡對方，帶有歉意，所以答話時客氣點會像3這樣說自己才是。

■問題5

1番 ③	2番 ②	3番 ③	4番 ②	5番 ①
6番 ②	7番 ①	8番 ②	9番 ③	10番 ①
11番 ②	12番 ①	13番 ③	14番 ②	15番 ③
16番 ①	17番 ②	18番 ③	19番 ①	20番 ②
21番 ②	22番 ①	23番 ③	24番 ②	25番 ③
26番 ①	27番 ②	28番 ③	29番 ③	30番 ①
31番 ②	32番 ②	33番 ①	34番 ③	35番 ②
36番 ①	37番 ③	38番 ③	39番 ②	40番 ①
41番 ②	42番 ②	43番 ③	44番 ②	45番 ②
46番 ③	47番 ②	48番 ③	49番 ①	50番 ③

新日本語能力測驗 考前衝刺讚

聽解N2
聽解N1

執筆：筒井由美子・大村礼子

監修：草苑インターカルト日本語学校

即將出版，敬請期待！

國家圖書館出版品預行編目資料

新日本語能力測驗 考前衝刺讚：聽解N3 / 筒井由美
　　子, 大村礼子執筆；草苑インターカルト日本語学
　　校監修；林彥伶中譯. -- 初版. -- 臺北市：鴻儒堂,
　　民108.10
　　　面；　公分
　　ISBN 978-986-6230-44-8(平裝附光碟片)

　　1.日語 2.能力測驗
　803.189　　　　　　　　　　　　　108013058

新日本語能力測驗 考前衝刺讚
聽解N3

附MP3 CD一片・定價：300元

2019年（民108年）　10月初版一刷

執　　　筆：筒 井 由 美 子・大 村 礼 子
監　　　修：草苑インターカルト日本語学校
中譯・解說：林　　　彥　　　伶
插　　　圖：山　　田　　淳　　子
封 面 設 計：吳　　　倢　　　瑩
發 行 人：黃　　　成　　　業
發 行 所：鴻　儒　堂　出　版　社
地　　　址：台北市博愛路九號五樓之一
電　　　話：02-2311-3823
傳　　　真：02-2361-2334
郵 政 劃 撥：０１５５３００１
E-mail：hjt903@ms25.hinet.net

※版權所有・翻印必究※
法律顧問：蕭雄淋律師

本書凡有缺頁、倒裝者，請向本社調換

鴻儒堂出版社設有網頁，歡迎多加利用
網址：http://www.hjtbook.com.tw